UKIYOBURO

浮世澡堂

[日] 式亭三马 著　周作人 译

中国法制出版社
CHINA LEGAL PUBLISHING HOUSE

諢話浮世風呂前編巻之上

江戸　式亭三馬戯編

五日の風静なれバ早仕舞の牌を出さず十日の雨穏なれば傘の樽をも出さず月並の休日静謐にして賢も愚なるも貴賤おの〳〵恩澤に浴する人心今日煤湯を沐て五塵の垢を落去明日貰湯に入て六欲の皮を磨きいつも初湯の心地せらるゝハげにも朝湯の入加減嗚呼結構とやいはん噫呼ありがたいかな道首にだぶ〳〵といふ僧あれバ彼首にぶう〳〵をいふ俗ありタロクとどぐる男あれバ湯う屋と引く女あり藥店の小二ハ現金湯と洒落て讃ども儒者の慾生反て忍冬湯と誤るハ讀易く解難きの類なるべし女湯の湯舟に簪を墮せバ湯汲の男滑川めきて探すとも御壹人前拾文の孔方ハ青砥も惜むべからず子供衆八文御供付十六羅漢偏袒右肩の湯上りに浴衣容のかはよいあるとも當時の師直さらに女湯を覗かず男湯孤ならず女湯必ず隣にあり亭主の賓頭盧尊者ハ面を撫る糠袋を貸すいとま拍子木で留桶をきつかけ斜に女湯をみやりて膏藥の

一夕歌川豊國乃やどりにて三笑亭可樂が落語を聞く例の能弁よく人情に通じく抱腹絶倒すべき物也惜かな其話向僅に十分が一と述たり傍に書肆ありて吾儕とともにいたく感笑して窃に謀りしが忽ち例の欲心萌ち此銭湯の話にかりて柳巷花街の事を省きて俗にわかりやすきを補せよと云ふ則需に應じて此編二冊まづ男湯の部とこそいふむ

楊梅結毒休来浴

酒酔年老没入堂

引　言

式亭三马的《浮世澡堂》，与十返舍一九的《东海道徒步旅行》（原名《东海道中膝栗毛》）是日本江户时代古典文学中“滑稽本”的代表著作。

日本文学自古代以至明治维新（一八六八年），照例分作三个大段落。其一是奈良平安时代。日本皇室政府初在奈良，至八世纪末迁都至平安，即现今西京，直至十二世纪末，这一段落以建都地方为名，这是王政时期，政治文化都在贵族阶级的手里，所以这一期又称为贵族文学时代。当时发生和发达的文学最初是传说历史，长短和歌，随后是散文日记传奇，最有名的《源氏物语》五十四帖便是这时期的产品。其二是镰仓室町时代。这时皇室仍在平安，可是经过平源两家争权内战，政权下移，源赖朝推倒平氏，在镰仓建立幕府，以将军身份代行天皇职权，至十四世纪上半，经过南北之战，足利尊氏立为将军，幕府设在室町，直至十六世纪末才又改革。这四百年间发达的文学除和歌外，有讲打仗的军记物语，戏曲方面是谣曲和狂言，因为主权在于武人，所以称为武士文学时代。其三照例以幕府所在地为名，即是江户时代。德川家康把幕府设在远离京都的关东，避开贵族文化的薰染，又利用儒教钳制思想，一般对于人民压得更紧了，可是他一面又有办法对付诸侯，制定“参觐交代”，分封在外的军阀须得隔年到江户来，给幕府办事，这样便免去了尾大不掉的弊害，在德川治下起不了内战，这给将军很大的安心，同时国内平静，工商业发达，一般商民也抬起头来了。民间富庶，固然也使幕府更有搜括的机会，可是经济文化的实权逐渐落入平民的手中，他们依据了自己文艺娱乐的需要，创造起来，所以这二百多年间政治最是反动专制，可是这却是平民文学时代了。

关于江户文学的内容，我们又得分开来说，因为这中间又要分作上方文学与江户文学这两节。平安是日本旧京，大阪也就在京都近旁，所以京阪方面与关东相对，称作上方，即是上边的意思。德川时期的商工业发展首先是在大阪，所以这上期的文艺差不多是由大阪的商民主持的。武士是统治阶级，在政治上无论是怎么的骑在平民头上，但是到了手头空乏，要想向商人通融，虽然表面还不见得肯低头，可是商民却要昂起头来，对武士不大看得起了。大阪人的诨号至今叫作赘六，一说便是那时商人的夸口的话，说武士的弓箭甲胄刀枪这六件物事，在他都是赘物，是一个例子。文艺上的改革是，由俳谐连歌发生了俳句，谣曲变成了净琉璃，有近松门左卫门那么的巨匠来担任作剧，小说也由宫廷与战场的物语变为浮世草子，即是社会小说，井原西鹤的声名至今还独一无二。但是江户是幕府的所在地，虽然在京都人看来是东夷之类，却也不客气的繁盛起来，结果是接着上方兴起了它独自的文学艺术。戏剧于净琉璃外兴起了歌舞伎，绘画则脱离了汉画的派别，由浮世又平（即是口吃的又平）开创了浮世绘，自称是大和绘师，诗歌方面不但完成了俳句，还由杂俳蜕化出来讽刺诗川柳，到现在都还有生命。小说方面不去继承以前的系统，却从头搞起，从连环图画似的小册子起首，造成了各式各样的作品，总名叫作草双纸，滑稽本就是其中的一种。

“草双纸”这名称看去很有点别扭，据日本史家考究，说这该是“草草纸”。“草纸”古时常作书册解，平安时代有著名的随笔《枕草纸》，第一个“草”字意思是说粗糙的低级的，原意云妇孺所用的通俗书本，只因两个“草”字碰在一起不太好，所以把第二个字改作同音的“双”字了。这其中最先出来是所谓“赤本”，即是红皮书，在十八世纪前后早已出现，内容差不多都是童话故事，以图为主，空处写几句说明或说白，接着是“黑本”，书皮用黑色，加入些报仇打仗等材料，这是第一批。第二批是“青本”，本来是蓝皮书，只因青中带黄，所以又通称“黄表纸”，这也是画上加说，可是对象已由妇孺而转向大人了。这类书的第一种是恋川春町的《金金先生繁华梦》，系借用卢生的黄粱梦故事的，上下两册，每册五叶，图各十面。黄表纸的特色是内容的解放，取材很广，又一改以前黑本那种平铺直叙的写法，写得更有曲折，而且运用诙谐机智，说得更有风趣，投合时代的嗜好。那时吉原游里十分兴旺。黄表纸有许多便专来写那里的情形，称为“洒落本”。“洒落”本来是中国语，这里却有漂亮时髦的意思，便是说叙述时髦人的，因为篇幅比较长了，把纸张放大一点，于是在形式上称为“中本”，以别于那些小本子。从这洒落本里省去了“花街柳巷的事情”，只留存那些诙谐材料，结果即成为“滑稽本”，翻过来偏重那些男女情事，又另成功了一种别的小说，这名为“人情本”。代表著作有为永春水的《梅历》，春水原是三马的门人，《梅历》在近代一直禁止翻印，被当作江户文学中淫书之一。比中本更大一点的有“合卷”，是三马开始设计的，即是把从前的小本五册合作一卷，发行二卷一部，便有以前十册的分量，于发表长篇是很方便的。这之后又从合卷演化出“读本”，成为专门阅读的小说，图画只是绣像，成了附属品，这是一个很大的变化，可以说已经脱出了赤本等的系统了。

江户文学里的小说一类，不去直接学中国明朝的成绩，直截的搞起演义来，却是从头另起炉灶，这是特别的一点，同时又似乎和浮世绘的绘师相呼应，甘心自居于戏作，在名字上边往往加上“江户戏作者”的称号，也是很有意义的。德川幕府标榜程朱的儒学，一味提倡封建的三纲道德，文艺方面也就自然着重劝惩主义，这是很顺当的路子。江户文人虽然不曾明白表示，但对于政府的文艺方针的不协力是很明显的，自称戏作，可以说是一种消极的抵抗吧。从这个意义上来看，《八犬传》的作者曲亭马琴虽是有名，虽是目空一世，但其价值比山东京传或式亭三马总还不及吧。

式亭三马本姓菊地，名泰辅，亦或写作太助，安永五年（一七七六）生于江户，文政五年（一八二二）卒，年四十七。小时候在书店里当徒弟，得阅读当时小说书，二十岁时学写黄表纸，以后大抵每年都有著作，据记录所作约共有一百三十五部。

一　黄表纸及合卷，九十八种，

二　洒落本，五种，

三　中本（滑稽本在内），二十一种，

四　读本，一种，

五　杂书，十种。

这些著作中间还以滑稽本为佳，其中《浮世澡堂》四编九卷及《浮世理发馆》三编六卷称最，足为代表。

关于三马个人，后世有不少记载，但顶写得好，也该顶可信赖的，应推《浮世澡堂》四编末尾的一篇跋文，署名的金龙山人即是三马的门人之一，后来以“人情本”出名的为永春水。其文曰：

“式亭主人者，予鸠车竹马之友也。性素拙于言辞，平时茶话尤为迟钝。故人称为无趣的人，且是无话的人。贾客而是骚人，背晦而又在行，居在市中而自隐，身在俗间而自雅。语言不学江湖，妄吐之乎者也，形容不仿风流，丝毫都不讲究。豪杰的结交，敬而远之，时流的招待，辞而不到。既非阴物，亦非阳气，不偏不倚，盖是中通之好男子也。偶对笔砚，则滑稽溢于纸上，诙谐走于笔下。呜呼，洒落哉，洒落哉！茂叔胸中，式亭腹内，恰如光风霁月云尔。花川户的隐士，金龙山人书。”黄山谷云，周茂叔胸中洒落，如光风霁月。这里拿来应用得恰好，虽然在日本语里洒落这字还可以有俏皮和爱打扮等的意味。

大　意[1]

窃惟教诲之捷径，盖无过于钱汤[2]者。其何故也？贤愚邪正，贫富贵贱，将要洗澡，悉成裸形，协于天地自然的道理，无论释迦孔子，阿三权助，[3]现出诞生时的姿态，一切爱惜欲

---

[1] 本书原名《浮世风吕》。出口氏注引山中翁共古说，“浮世”本作“忧世”，乃佛教用语，后乃利用同音字改为浮世，意云现世。但因浮世绘等名称已经通行，所以不再改译。风吕云原意乃是风炉，但现已训作澡堂，不能沿用了。“大意”系原文如此，实在乃是小序，纯用游戏文章笔调，就澡堂里事物，像煞有介事的大肆铺张，一面学正经古文，夸张道德教训，一面却多用诙谐语，引人发笑，这是当时的一种风气，后世读者或者觉得单调也未可知，那么也可略去，或读至终卷后再看亦可吧。

[2] 钱汤今用原文，意思也即是澡堂，只是原义略有不同。十六世纪末始通行钱汤，每人价永乐钱一文，故名。本书中已需要小钱十文，但仍袭用钱汤的名字，这与风吕及御汤二名通用。

[3] 阿三代表使女，权助代表仆人。后者系通常人名，有如张三李四，阿三则别有来源，因贵家使女分有数等，有大奥，次，三凡三等，阿三系管理厨房汤水等杂役，地位最低，乃成为一般女仆的名称云。

求，都霎地一下抛到西海里去，全是无欲的形状。洗清欲垢和烦恼，浇过净汤，老爷与小的[4]都是分不出谁来的裸体，是以从生时的产汤至死时的浴汤[5]是一致的，晚间红颜的醉客在洗早澡时也像是醒人。生死只隔一重，[6]呜呼，人生良不如意哉。可是，不信佛的老人在进澡堂的时候也不知不觉的念佛，好色的壮汉脱了衣服，也按住前面，自知羞耻，狞猛的武士从头上被淋了热汤，也说这是在人堆里，忍住性子，一只臂膊上雕着眼睛看不见的鬼神的侠客，也说对不住，在石榴口[7]低下头去，这岂不是钱汤之德么？有心的人虽然有私，无心的汤则无有私。譬如有人在汤中放屁，汤则勃勃地响，忽然泛出泡来。尝闻之，树林中的矢二郎[8]那或者难说，凡为澡汤中的人，对于汤的意见可以不知惭愧么？凡钱汤有五常之道焉。以汤温身，

---

[4] 原文云“折助”，也是男仆的别称，今与上文老爷相对，所以意译为“小的”。

[5] 原文云“汤灌”，谓用汤洗濯，灌字与灌佛字有关，盖是古语，日本限用于殓前的浴尸。

[6] 醉客应云红脸，这里说红颜，乃是应用莲如上人的《白骨文》中朝为红颜，夕成白骨之语。又昔时有俗歌，说陈列的剥制老虎云：老虎冲过千里的丛林，障纸只隔一重，真不如意呀！这里利用“障纸”同音语“生死”改写，是游戏文章的一样手法。

[7] 见前编卷上注［31］。

[8] 童谣中有云：说谎的弥二郎，在树林中放个屁。本文中说矢二郎，盖因同音改写了。

去垢治病，恢复疲劳，此即仁也。没有空着的桶么，不去拿别人的水桶，也不随便使用留桶[9]，又或急急出空了借与，此则义也。是乡下佬，是冷身子，[10]说对不住。或云你早呀，让人先去，或云请安静，请慢慢的，[11]此则礼也。用了米糠、洗粉、浮石、丝瓜络去垢，用石子断毛之类，[12]此则智也。说热了加水，说凉了加热汤，互相擦洗脊背，此则信也。在如此可贵的钱汤里，凡是洗着澡的人，因了水船的升，净汤的桶，[13]而悟得随器方圆的道理，又如澡堂的地板那样，自己的心也常要磨擦，不使长诸尘垢。人生一世五十年，[14]即使有两回洗澡的人，也如澡堂的招贴所说，各人该有分别。[15]又如贴着的那样，

---

[9] 见前编卷上注［21］。

[10] 见前编卷上注［32］及注［33］。

[11] 此系先洗毕出去时的招呼语，犹中国的请慢走。

[12] 洗粉系古时澡豆的遗法，用谷类的粉加香料，装入布袋内，可代肥皂。丝瓜络亦用以去垢。石子系旧时风气，今已不见，乃是用二小石相敲，截断阴毛，云较用剪刀为胜。浮石见前编卷下注［120］。

[13] 净汤见前编卷上注［13］。水船则是干净的冷水，供人取用，但不得使用洗浴的小桶，净汤用圆桶，水船则用升，系方形者。

[14] 人生一世五十年，系佛教徒习用语，这里故意缠夹，拉扯到两回洗澡上去。

[15] 两回洗澡，据出口氏注引山中翁说，旧时工人习惯，早上进澡堂一浴，洗脸后即出，至晚间再洗一回。这种人大抵早晨不给钱，所以澡堂揭帖云：“近年特别柴贵，凡两回洗澡的各位，务请将澡钱两回份一并带来。”

有一心不足的万能膏，[16]虽然没有给傻子擦的好药，但是有走马的千里膏，给予鞭打的交情的无二膏。[17]如将口中散翻转过来，便是忠孝的妙药，使得两亲的安神散，[18]对于烦恼小心火烛，有似澡堂所定的规则。[19]心里如发起骄奢的风，家私就无论何时都要早收摊了。[20]五伦五体乃是天地所寄存，凡

[16] 万能膏以下都是在澡堂寄卖的药品招贴。出口氏注云：万能膏系治疗疮疖、创伤及皴瘃等的软膏，俗语有云万能足而一心不足，所以这里连续的说。

[17]“没有给傻子擦的药”系俗语，谓傻子无药可医。千里膏旅行时涂脚心，令人步行不疲，因千里关系连说走马。无二膏也是治皴瘃等病的，因无二而连说交情，又因上文走马而连说鞭打，也都是游戏文章的旧作法之一。

[18] 口中散系齿痛药，“口中”二字颠倒的读，音近“忠孝”。安神散系妇女血经病用药，此处连说两亲，安神即是安心。

[19]“小心火烛”系澡堂规则中语。这里一节多利用规则语作教训，据出口氏注引山中翁说，江户时代澡堂中所贴规则条文，大抵如下：

规则

一 官府所定法令须坚固遵守。

一 火烛须要小心谨慎。

一 男女不得再行混浴。

一 风猛烈的时节不论何时均即关店。

一 老年及病后各位不可独自前来。

一 衣服各自留神。

一 失物不管，一切均不寄存。

以上各条请求了解后入浴。

某月某日，司事。

[20] 利用上文规则第四条，双关的来说教训话，骄奢的风也与条文有关。

是携带贵重物品各位，因了酒色而神魂失落，与本店无涉，[21] 从自己招来的祸祟，别人一切都不能管。名声利欲的吵架争论，喜怒哀乐的大呼小叫，均属不可。[22] 如不遵守此项文告，则来不及洗末次的澡，说是已经拔栓了，虽是后悔去咬手巾，[23] 也是无益了。盖世上人心等于澡堂的白虱，在善恶之间容易移动，从权兵卫的布袄移到八兵卫的绸衫，从乡下使女的围裙移到大家妻女的美服上去。昨天一件小衫脱在席子上面，与今天的夹衣脱在衣架上相等，富贵贫贱在天，善恶邪正乃所自召也。善悟此意，则人家的意见正如早晨的澡汤似的，很能沁透自己身子里去吧。一生的用心在于将身体收在包租的衣柜[24]里，灵魂上加了锁，不要把六情闹错，坚守约束，神佛儒行会的司事盖上牡丹饼大的印章云尔。[25]

---

[21] 利用第七条失物，说到神魂失落，又与寄存品相关。

[22] 出口氏注引山中翁云，这些在规则中虽不见，大概是另外贴纸禁戒的吧。

[23] 系改写“噬脐无及”的成语。

[24]“包租的衣柜”见前编卷下注 [46]。

[25] 糯米稍加粳米，煮饭捣烂，外裹小豆馅，色紫黑，名萩饼，亦称牡丹饼，皆以象形得名。这里形容印章的大小，大抵是说直径一寸左右吧，虽然饼的大小没有一定的标准。司事是说澡堂行会的干事，出口氏注引山中翁说，当时澡堂行会共分十组，其下又分为小组三十八，共计五百余股云。参考前编卷上注 [123]。

维时文化六年己巳便于初春发兑，于戊辰重九动笔，照例赶写，至后中秋吃芋头，[26]乃成此屁似的小册。

在石町的寓居，

式亭三马戏题。

[26] 日本旧时称阴历九月十三日为后中秋，以毛豆芋栗祀月，这里从初九起手，至十三成功，那么这初编两卷就只在五天中写好了。民间相信吃蚕豆芋头，令人多放屁，故末行如此说。

目　录

前编卷下

二编卷上

二编卷下

前编卷上

一　澡堂概况

五日之风静，则不挂早散之牌，[1]十日之雨稳，则不搁雨伞之桶。[2]每月的休息日静谧，[3]人心各浴恩泽，今日洗大扫除的澡，[4]去五尘之垢，明日洗小伙计的澡，[5]磨六欲之皮，无论何时总觉得在试初汤，[6]盖早晨浴汤的冷热正好，呜呼佳哉，噫嘻可感谢哉。这里有陀佛陀佛之僧，[7]那边有咕噜咕噜之俗，[8]有说行话称为塔落克[9]的男子，也有拉长说早堂[10]的女人。药店的小二，戏读作现金汤，[11]儒家的塾生，反误解

---

[1] 中国古书上说，古代天下太平，风雨都有定时，是五日一风，十日一雨。旧时澡堂定规，刮大风的日子“早散”，即以申刻为限，至下午四点关门。

[2] 下雨天澡堂在门内放着一个木桶（容量四斗的酱油或酒的空桶），预备客人安放雨伞，以免水流满地。

[3] 澡堂照例每月有一天休息，这在哪一天，每处不一样，由自己规定为例。

[4] 旧年十二月十三日为大扫除的期日，那一天洗澡的人便特别的多。

[5] 正月十六十七两日，旧例澡堂收入不归主人所有，却是分给堂内众伙计的。

[6] 每年元旦休息，初二日这才初次烧水开堂，称为“初汤”。

[7] 念佛的声音，三田村云，当是日莲宗。

[8] 僧俗对举，这是说唠叨说话的醉汉。

[9] 净琉璃说书人的行话，称汤为塔落克。

[10] 上一字拉长，今姑将澡字去声改为上声，以示变化。

[11] 洗澡每次付现钱，称现金汤，也有每月总付的，则称留汤。药店的伙计习惯于药名的什么汤，所以故意改读末字的音，似乎是青龙白虎汤之类了。

为忍冬汤，[12]此盖易读难解之类欤。坠簪于女澡堂的汤桶[13]中，则舀热水的男子如滑川[14]那么样去寻找，一名十文的孔方，[15]青砥亦所不惜。小孩八文，连同伴当十六罗汉，虽有偏袒右肩，[16]出浴而着浴衣的颜世，[17]而当时的师直[18]其人却亦不去窥女堂。男汤不孤，必有女汤为邻。[19]主人宾头卢尊者，在借给摸脸的米糠袋的时间，[20]打拍板通知留桶，[21]斜眼

---

[12] 忍冬汤本系用忍冬即金银花在浴汤内，用以洗澡，儒生迂腐不通世故，乃如字解读为忍耐过冬之汤。

[13] 汤桶本名汤船，乃用大锅烧汤，倒入桶中，是一种净汤，备浴客末后洗脸淋身之用，桶形如舟，故名。

[14] 青砥藤纲为古时名臣，以廉洁著名，尝夜过滑川，误将铜钱十文落在水中，乃命从者以五十文钱买火把来，将水中的钱拾起。

[15] 因故事中的十文，牵连说起，当时洗澡价钱系大人十文，小孩八文云。

[16] 当时定价大人连同小孩共十六文，故连带的说及罗汉，又连带说偏袒右肩。

[17] 颜世是日本旧剧《忠臣藏》中正角盐屋判官的妻子，贞淑的女人。盐屋亦写作盐冶。

[18] 高师直在历史上是实有的人物，《忠臣藏》中却借过来说他觊觎颜世，成为盐屋的敌人。

[19] 此句系模仿《论语》上的话，德不孤，必有邻。

[20] 宾头卢尊者是十六罗汉之一，在佛涅槃后仍留世间，济度世人，寺中常塑其像，白头长眉，独坐一隅。澡堂主人高坐门口，招待浴客，收受浴资，故以相比。日本沿用古时的“澡豆”，以米糠装入夏布小袋中，用以擦脸，澡堂中可买可借。俗信凡人身上有病痛，先用手摸宾头卢像，再去摸自己相当部分，可以自愈。此处因说宾头卢，接连说米糠袋，便以摸脸作为双关。

[21] 浴客有需要“擦澡”即叫人代洗肩背者，主人用拍板通知擦澡的人，照例女汤两下，男汤一下。每月总付的浴客备有专用的水桶，称为留桶，客来时也击拍板，叫人给拿出桶来。

去看女汤，不知道膏药的熔流，[22]但既知男女不同澡堂，夫妇有别，则妻子光明皇后[23]乃代而为女汤的掌柜焉。在桴炭的火盆上采取糠油，[24]绞干借用手巾的水滴，却不让极老人与恶病人入浴，[25]虽无阿佛的出现，但或当有千手观音的爬出上边钦。[26]洗粉的袋阵阵有香，[27]穿彻下人的鼻孔，澡堂的壁咚咚作响，[28]叫醒舀热水者的睡梦。或呀呀的啼哭，或哇哇的骚扰，或云水热则反说温凉，或说加凉水则叫唤勿加。在吵成一片的澡堂中间，亦有从容唱着《枕丹前》，[29]大模大样地跳进池里的裸体，也有伸着脖子说摔跤的一段书，[30]做出摔跤的进场的

[22] 主人所坐台上，例有板搁，上置带卖的膏药澡豆粉等，因堂内暖热而融化，主人却茫然不知。

[23] 光明皇后系公元八世纪时人，为圣武天皇的皇后，崇信佛教，大兴寺庙，曾设浴室，施浴一千人，亲为洗濯，后有癞病人来，出现阿佛形相云。此处说女主人代管女汤，因宾头卢关系引出光明皇后来。

[24] 烧澡堂系用木柴，烧剩即是木炭，通称桴炭，或称浮炭云。炭火上张油纸，铺米糠取油，云可医治癣疥。

[25] 澡堂定规云：老人及病后的人，不可独自入浴，身患恶疾的人断不可入浴。

[26] 千手观音即虱子的别名。阿佛见上，因佛名而牵连说及观音。

[27] 洗粉系后起的化妆品，于粉中多加入香料，即古时的澡豆。

[28] 入浴中的客人觉得池水太热，便敲板壁，通知堂中用人，加添凉水。

[29] 系俗曲长呗的一篇。

[30] 俗曲河东调中说河津股野摔跤的一段吧。

身段而出来的人。这里显得可怜的，在石榴口[31]颤声说着“冷身子”而出现，可是又有说“马来马来”的人，却并不是意外的阔气。[32]“喂，出来了，小孩子，小孩子”，这样说的乃是呻吟河东调的老头子，向来以洗澡费工夫著名，说“对不起，是乡下佬”的却是爱好小调的江户子，[33]只是霎地洗一下，把手巾浸湿便罢的。那么长时间和短时间的洗澡，也正是菜蔬店的廊沿下，[34]松坂音头的脱板的腔调，只配新下来的店伙去听，长啊短啊都不如意，有点儿尖声的漫吟，则是呀吧喂的帮腔吧。有带咬带嚼的说“娘玛弥伽佛”的，也或有人脱口吐出“法莲陀佛”。有人转着嘴巴笑道“呵呵轰”，或乃用鼻子喷出云“呼呼哼”，相反的乃用粗大声音，自己告白曰，此是唐山金银的

[31] 浴池入口上部所设垂花门似的板屏，入浴的人须低头屈身，才得进去，据云为的防浴汤变冷，俗称为石榴口。字义的解说不一，多涉牵强，似不足信。

[32] 入浴池的人恐怕碰着别人，或先声明是“冷身子”，或如在人丛中虚说“马来”，叫人让路。此处却又含有别的意义，平常以驴或马形容巨阴，说是马来，而实际却并不是云。

[33] 河东调原作江户节，乃是净琉璃的一种，因系江户大夫十寸见河东所创而得名，却并不是代表江户的。小调原作美里耶斯，是一种较短的长呗。老人虚说小孩子，本地的江户子乃自称乡下佬，正是相对。

[34] 这以下一段意思不很明白，大抵是有各种人各样情形，有如菜蔬店的廊沿底下，存放着各式的菜吧。

金山之麓。[35]有抱着头呻吟的，也就有拍着屁股高谈的人，有举起一只脚的吟咏的，也就有张开两股踏着高唱的人。在坐的立的中间，也有躺着在嘴里铮铮地弹着三弦的，还有蹲在汤桶旁边的，没有技艺的猴子在说着玩话。神祇释教恋无常，[36]都混杂在一起的澡堂，地点在哪里虽是不能确定，时候是九月的中旬，时已天亮，澡堂还未开门。

---

[35] 唐山即中国。中国有径山与金山两地，因佛教关系知道的很多，但系同音，所以说时必须云路径的径山，或云金银的金山，此处当用作丁宁说话的例子。

[36] 日本古时编辑歌集，多以这四者分类，这里即说澡堂里各式各样的人都有，如上文所说的那样。

早晨的光景

二　瘫子豚七

早鸦的声音：“呀，呀，呀，呀！”

早晨小贩的声音：“纳豆，纳豆！”[37]

人家打火的声音：咯，咯，咯，咯！[38]

此时开幕出现来的乃是一个三十多岁的男子，睡衣上面系着细带，里面的衣裾拖了下来，几乎盖住了木屐的屐齿，像是用油煎过了的一条手巾，耷拉着挂在肩头上，手掌上搁着盐，

[37] 纳豆即是中国的鲜豆豉，价廉味美，日本平民大抵用于早膳，用酱油加芥末拌食。早晨叫卖极早，往往先卖一巡，再携第二批出来叫卖。

[38] 古时人家都用火刀火石取火，所以早晨咯咯打火的声音是很普遍的。

用右手指擦着牙齿，仿佛虫在爬走似的走上前来，这乃是所谓瘫子的病人，名叫豚七。[39]

豚七："啊呀，还还没有开，没开，没开么？睡睡早觉的家伙！"独自说着话，走到门口，高声怪叫："伙伙计，伙计！还不起来，还不起来么？太阳太阳菩萨起来，起来得把屁股都要晒焦了！喂，喂，伙计！——啊呀，啊呀！啊呀呀！粪粪，粪踩了，粪踩了！咦，咦，脏得很！"

回头对睡在旁边的狗说："是你，是你吧？坏东西呀，是你吧！纳塔多得，[40]粪踩了，粪踩了！喂，这畜生，这畜生！"一边骂着，把牙粉的唾沫向狗吐过去，蹒跚的站立不稳。

二十二三岁的男子，前额拔去头发，鬓角剃齐，梳着妈妈髻儿，[41]布手巾上随处有着胭脂口红的痕迹，[42]搭在肩头，牙粉袋中插着牙刷，塞在丁字髻内，[43]裤子团作一起挟在胁下，穿着睡衣走来。

---

[39] 瘫子原文是说一种中风病人，重的半身不遂，较轻的仍能起坐行动，只是不甚灵便，说话也不清楚，豚七的话原本多模糊讹脱，未能一一照写。

[40] 原文不可解，出口氏注云未详。

[41] 古时日本男子蓄发结髻，平常往理发店去梳，有在家梳头的，格式不入时，称为妈妈髻儿，意思即是说老婆所梳。

[42] 手巾上染有胭脂，盖原系妓女所用，由她送给相识的男子的。

[43] 丁字髻即古时所谓椎髻，男子束发于顶，向后屈作圆髻，前面留一二寸剪去其余，牙粉袋即是塞在这前端，俗语称为刷子。

从对面横街里出来一个二十岁多的男子，前额显然是近时拔过，只是带子和木屐显得注目，稍为歪了头用牙刷刷着臼齿，在吐唾沫的时候，把手巾掉在地上了。这边的男子甲看见了，笑着说道：

“浑蛋，手巾掉了！为什么那么胡里胡涂的？”

乙用木屐的后齿定住，骨碌地转过身子去，拾起手巾来，又去看自己背后的带结子，在狗身上绊了一下。

狗叫：“汪，汪！”

乙：“畜生！死躺在讨人嫌的地方！”

甲：“怎么？是你自己讨人嫌，正是活该！”

乙：“别妒忌人吧！这家伙披上了凤凰的衣服。[44]——什么，澡堂还没有开门么？真是一班睡早觉的家伙呀。喂，可不是欺人么。你想是什么时候了？卖纳豆的已经第二次上街，这时候卖金时豆[45]的也就要来了。——啊，手巾给我看！带着胭脂，……哼，真是现世报，从那地方[46]去抢了来！”

甲：“算了吧，别说叫人生气的话了！要是男子汉，也去

---

[44] 凤凰，三田村氏注云原意指妓女，这里只是说华丽的衣服。

[45] 金时系民间故事中的英雄，金时豆乃是一种食物的名称，系小豆加糖煮成。

[46] 那地方即指新吉原，妓馆的集中地。

拿一条吧！哥儿不是一样的哩！”[47]

乙：“当然不是一样嘛！如果没有眼睛鼻子，可不是同擦山葵的板一个样儿的脸么？那正可以从铁头鱼那里，去收头钱来么。”[48]

甲：“这浑蛋！”说着玩话，把乙往沟板[49]上一推。

乙：“呀，狗矢！啊！”赶紧跳开。“谁已经踩过了。”

豚七：“刚刚才是我踩了。”

乙：“是你踩了么？本来不踩也行嘛。这真是多余的事情呀。”

豚七：“就就是多余，已经踩了，是是没有法子的事。喂，木屐塔塔得塔拉……”[50]

甲：“说的什么，一点都不懂。喂，你的毛病也真是麻烦。还没有好么？”

---

[47] 哥儿是男子自称，意思乃是自夸，说自己自有本领，所以能够取得这些东西。

[48] 三田村氏注云当是说乙的麻脸。山葵的根味香辣，日本用作调味料，在有刺的金属板（朝鲜有“姜板”系陶制而形状相同）磨擦成酱用之。这里比喻说脸上凹凸不平。铁头鱼系意译，汉名一云六角鱼，不知其详。头钱是头儿从徒党征收的利金，或者是说人比鱼还丑，所以该收得头钱？

[49] 旧时日本街道上都是明沟，与街路平行，在人家门前铺有木板，俾便通行，称作沟板。

[50] 见注［40］，原注云未详。

豚七："什什么，好了，好了。不不碍，不碍了！这这个样子，看这个样子，不碍了。"说着话两只脚踏给他看，蹒跚地要跌倒，勉强支持住了顿着脚说："这这个样子，脚已经不碍了！前几天本所的伯母，伯母那里火火烧了。我跑了去了。帮忙，帮忙，我很多帮忙。伯母称赞了，伯母称赞了！"

乙："她称赞怎么地说？"

豚七："她她说不碍了，说不碍了。那么该到赞岐的金毗罗[51]老爷，金毗罗老爷那里去，去谢谢去。"

乙："你还是信仰那堀内老爷吧。你还没有真好哩。那是危险的呀。"

豚七："堀内老爷，领得贴用神符，[52]说得很难得的。塔塔得耶达契，[53]南无妙法莲华经，南无妙法莲华经，题目题目，[54]念三百遍，三百遍。"

甲："题目念三百遍是太少了。"

---

[51] 金毗罗系印度的神，在佛教中不重要，但日本民间颇见崇信，在赞岐琴平山有神社。

[52] 堀内在东京市内，有妙法寺，系日莲宗，所谓堀内老爷即指日莲。贴用神符据三田村氏是一种长条的符，贴在病人床边，如接贴到墙上边，则病可全愈云。

[53] 见注［40］及注［50］。

[54] 日莲宗于佛经中偏重《法华经》，又佛教徒皆宣佛号，模仿净土宗念南无阿弥陀佛，他们独不如此，只念南无妙法莲华经，以经名作替代，称为御题目。

豚七："早早，早饭前呀。题目，说不是空肚念是不行的。——我的阿妈，疼我，疼我。了不得，了不得的，非常的爱我。浅草的舅父，讨讨厌我，说做和尚去吧，说做和尚，做和尚。"

乙："做和尚倒好，你还是听舅父的意见吧！"

豚七："不，不，阿妈不答应。我，将来做新郎，新郎哩！不得了，不得了！那个，那个。"

甲："做武士去么？"

豚七："是两刀，两刀呀！[55]不得了，不得了！喂，脚是这个样子，不不碍了，不碍了。"把蹒跚的脚在沟板上顿了两三下，这时候澡堂的门向里边开了，豚七踉跄的去靠着大门，却站立不住，随着那门噎地一下，仰着倒在门内地上了。

甲乙："啊，危险危险！"

澡堂的伙计大吃一惊，从台上跳下来，和甲乙二人一同将病人抱起。这时候豚七只是仰卧着，睁着眼睛看着众人。

伙计："什么地方都没有受伤么？"

乙："你看！刚说着，就跌倒了。"

甲乙："哈，哈，哈！"

---

[55] 日本古时武士专政，士族皆带长短两刀。上文豚七说"那个那个"，三田村氏注云盖用手势表示带刀，说颇有理。

豚七："什什么，不碍的，不碍的！嘻，嘻，嘻！"苦笑着表示不肯服输，走到上边来。

伙计："各位，都早啊！"[56]

甲乙："嗳。"

乙："早觉睡得好呀。"

伙计："嗳，昨夜睡得迟了。"

甲："这很可疑呀，伙计！"

乙："是去看尼华加[57]去了吧？"

伙计："嘿嘿嘿，要是那个那倒是好了。"拿了坐垫打拂钱箱，坐了下来。

甲乙脱去衣服，回顾豚七的方面。

乙："别再滑了吧！——啊，冷呀！今早真是怪冷。"

甲："是同行，是同行呀！[58]同行，同行！"跑步走去，进了石榴口，立即哼起小曲来："这是——呀！"

豚七脱了衣服，狼狈似地用手巾按着下身，[59]拼命用心的

---

[56] 早晨相见时打招呼的话，也可以说早上好或早安，今直译原意。

[57] 原文云"仁和贺"，写作"俄"字，义云忽尔，这里是指吉原秋天的临时赛会，大抵以滑稽表演为多，后来转变成为一种滑稽戏的名称。

[58] 出口氏注云当是模仿什么戏剧歌词，但出典原本均不能详。

[59] 日本古时男女混浴，浴客各系一犊鼻裈即丁字带入浴，及分浴后，仍以手巾掩盖下体，盖旧时习俗之留遗云。

看着前方，用了苍蝇拉车[60]似的脚步走着。

豚七：“好容易到了！”钻进石榴口去：“对不起，对不起！[61]——啊，热，热，这热真叫热！了不起！是石川五右卫门[62]，是石川五右卫门了！”跨进浴池，皱着脸，不服输的哼起曲调来：“啊，如今是在吉田町[63]呀，流连呀。”

甲乙：“阿唷，这才是豪杰呀！呀，是呀！哈，是呀！”[64]

豚七听了二人的帮腔，更加有兴头了：“喂，流连呀，流连呀喂！”

三　隐居老太爷[65]与地震

从外边走进来的是一个七十左右的隐居老太爷，戴了头

---

[60] 出口氏引中山翁说云，小儿游戏，用纸折作小箱或鹤，将苍蝇放在里边，令其行走。但如何走动仍不明白，疑或是用糊粘蝇背亦未可知。

[61] 进浴池去的时候所说的客气话，参看上文注[32]。

[62] 民间传说是劫富济贫的大盗，公元十六世纪末被捕，用大锅煮死，至今用大铁镬烧水的浴池俗称五右卫门盆。

[63] 吉田町是野妓出没的街路名。

[64] 是歌曲中帮衬的文句。

[65] 原文称作“隐居”，封建时代旧制，家主年老或因事退休，称为隐居，由其长子袭位为家主，老人也就称为隐居老太爷。后来此制亦通行于商家，凡不管家事店事的老人，不问男女，均用此称，中国的老太爷老太太约略近似，今且借用。

巾，穿着皮纸做的[66]背心，叫十二三岁的徒弟拿了浴衣，自己拄着拐杖，嘴巴兀自动着。

伙计：“老太爷，今天早呀！”

老太爷：“怎么样，伙计？天气很有点冷了。”

伙计：“是嘛。慢慢地气候有点儿变了。”

老太爷：“不，不但是有点儿变了。——喂，鹤吉，你把鞋子都放好了！”一面把挂在耳旁的念球用手纸包好了：“昨天晚上睡不着觉。而且那狗畜生，叫呀，叫呀！活到这么年岁，像昨晚那么狗叫的晚上，还不记得有过。这之后，总之一切都安排好了，坐在棉被上边，一口口地吸着烟，暂时想了一会儿，可是睡不着。这么也不对，想去巡视一遍家里的情形，拿了烛台前后一看，都没毛病。又回到原来的床上——咦，年轻人都是爱睡的家伙。我起来注意看了家里一遍，一个人也没有醒过来的。因为那么样，所以真是疏忽不得呀。——喂，鬓助，[67]你早啊！”

鬓助：“嗳，老太爷，你早。昨晚的地震，那是什么时候呀？”

老太爷：“那是什么。那之后过了一会儿打七点了，该是

[66] 古代律僧守戒，不用女人手制的衣服，乃着纸衣，系用纯良树皮所制厚纸揉熟，制棉夹衣颇耐久，亦善防寒气。

[67] 鬓助大概即指甲乙二人中之一。

八点半吧。[68]九病，五七下雨，四干燥。”

鬓助：“还有七金五水吧？”

老太爷：“不，不，六八有风该知道。”[69]

鬓助：“真是这么说的。我和魂灵的歌诀[70]弄错在一起了。难怪我觉得有点伤风的样子。”

老太爷：“不呀，那是说刮风的事嘛！”

鬓助：“啊，又弄错了。因为说是九病，所以我想六八是要伤风吧。——啊，危险！”随即进到浴池里去了。

四　门前的行商和讨钱的

这之后，通行的人多起来了。

卖牙粉的：“梅红散，药牙粉，治口内一切，梅红散！”

甲：“蛤蜊肉呀，花蛤的肉！”

---

[68] 日本古时计时很是特别，昼夜各分为六点，子午正都称九点，以后一小时作为半点，依数目逆数，如十二时为九点，则一时为八点半，二时为八点，四时为七点，十一时为四点半，以下便又是九点了。这里说七点即早晨四时，八点半即三时。

[69] 隐居所说，连上文系地震占卜的歌诀，依照地震的时间可以预知将来的天气。

[70] 各人依据生年的干支五行所属，可以推知魂灵的多寡数目，歌诀云木九，火三，土一，七金，五水，盖是从三魂六魄演化出来的吧。

乙："黄酱，金山寺酱，粗酱油！"[71]

丙："腌菜，酱脆瓜，腌辣椒！酱脆瓜要么？"[72]

丁："有差使么？伊势屋要么？"[73]

戊："有差使，有差使么？有空酒瓶没有？"[74]

敲木鱼的和尚："南无阿弥陀佛，南无阿弥陀佛。"——剥剥，剥剥！

伙计："给布施吧！"给予布施。

和尚："南无阿弥陀佛，南无阿弥陀佛。伏以今日之功德，愿祖先代代，一切阴灵，证大菩提。南无阿弥陀佛，南无阿弥陀佛！"——剥剥，剥剥！

弯腰的尼姑两个人同来，摇着铃铛：丁零，丁零！

伙计："给你吧。"

---

[71] 金山寺据说应当是径山寺，因这种酱的制法是从那里传过去的。在豆瓣酱中加入切碎的蔬菜，如萝卜、茄子、青瓜等，是极好的素菜。粗酱油系酱油制成，未经滤过者。

[72] 酱脆瓜，原名奈良渍，以地方著名，系用盐酒腌嫩青瓜。腌辣椒，原名南蛮渍，与称番椒义近。

[73] 伊势屋系用地名作为店号，伊势人节俭善于经商，市上多伊势屋的名称，故成为代表店名了。差使是封建时代用语，店徒每晨向顾客家兜生意也就沿用。

[74] 酒店应顾主的需要送酒前来，照例装在陶制酒瓶内，称为德利，随后再由徒弟收回。

尼姑：“嗳，多谢！娘玛弥伽佛，娘玛弥伽佛。——西光师父，你的头巾似乎比以前都变新了。还是因为我的眼睛昏花了的缘故么？”

西光：“这是因为什么呀，去年十夜念佛的时候，在德愿寺宿山，[75]端端正正的掉在我的旁边嘛。不知道失主是谁，我就捡了来着。因为我的头巾已经坏了，心想找到一点布片，来做一顶吧，老是这么想着，妙清师父，这该算是虔诚的好处吧。”

妙清：“是呀，这真是如来老爷所赏赐的吧，西光师父。啊，娘玛弥伽佛，娘玛弥伽佛！——今天该是万宝屋打发的日子了。”

西光：“可是，从如意屋那边转过去吧。”[76]

妙清：“啊，腰可痛啊。”——丁零，丁零！撑着拐杖，挺着身子，把腰伸了一下。

---

[75] 净土宗的规矩，每年阴历十月初六日起，至十五日止，凡十日间高唱佛号，大有功德，通称十夜。宿山原名通夜，是说信徒聚集寺院，守夜念佛。

[76] 打发是说各商家的定期布施。万宝屋原名万屋，如意屋原名叶屋，今从意译，叶用作协字，在中国不大通行。

野和尚[77]:“老在这里的是稻荷神和福神![78]嗳,和尚好久不来了,早上的和尚,整个的赚头!”[79]

伙计:“不给,不给!”

野和尚:“别这么说,请布施吧!整个的赚头嘛。嗳,一文钱!嗳,两个和尚一文钱!”

伙计:“不给,不给!”

野和尚:“不给,不给!”学着人家说话,提了水桶,往隔壁人家去了。

五 金兵卫和两个小孩

四十多岁的男子,名叫金兵卫,拉着六岁男孩的手,像耍猴的似地背上背了一个三岁的女孩,小孩手里拿着竹制的玩具水桶,和烧料的小乌龟。嘴里慢吞吞地歌唱着:“好啊,好啊!

[77]“野和尚”原文只作“和尚”,但因伙计差别待遇,当有殊异。三田村谓当系因度牒无缺而在候补的“志愿和尚”,出口则云是贱民部类的毛和尚,或更近似。他们不剃头,在乡间也作法事,助丧葬,地位较平民为低云。

[78]野和尚说吉祥话求布施,这里大概手里拿着土制的稻荷神像,颂祝丰收与幸福。稻荷本系农神,第二字解作负荷的荷,因狐狸为神使,后乃转讹即以稻荷为狐神,像亦成为狐形了。

[79]“好久不来”语气未完,意云所以请给布施吧。和尚是整个赚头,原系民间俗谚,“整个”的原文与“圆”双关,现在野和尚利用俗语,加上“早上”字样,作为吉祥话,原意虽是挖苦和尚的,今乃转用为恭维店家了。

呀，是了是了，来到了呀！汤汤[80]在哪里？阿哥啊，别跌跤呀！好好的看着底下走路吧。啊，好啊，好啊！啊，汤汤在这儿了！——喂，喂，腌脏呀，腌脏呀！[81]跳过了，跳过了。啊，脏得很，脏得很！阿哥是几乎踩了汪汪的腌脏了。宝宝是阿爹背着的，所以很好喽。”

背上的妹妹：“宝宝背着。”

金兵卫：“啊，啊，宝宝是阿爹背着，阿哥是走走。——喂，下来了吧。啊呀，啊呀，好等，好等！别跌跤，别跌跤！——喂，阿哥独自脱衣衣吧，宝宝的衣衣阿爹给脱。啊，手脱出来了！”

阿哥：“我已经脱了衣衣了！后边的，后边的千次郎，[82]你迟呀，你迟呀！”说着去向小孩的颏下呵痒。

金兵卫：“喂，喂，别闹了，别闹了！”

旁边的人：“啊呀，阿哥那里有小鸡儿，阿鹤却是没有呀！”

金兵卫：“嗳，阿鹤是掉了。嘿，嘿，嘿！——福助，这天气真晴得好久了。”

福助：“是呀，照这样子可不是丰年嘛。”

---

[80]“汤汤”原本此处用小儿语，读作obu，凡热水与澡堂均用此名，与大人语yu（汤）用途相同。

[81]“腌脏”，此处特别是指粪便，即上文豚七所踩的狗矢。

[82]此句原系儿歌中的词句，此处借用指在后边的人罢了。

金兵卫："是呀。——现在进去吧。喂，喂，阿哥，别滑了！阿鹤也不要把玩意儿掉了。嗳，这可行了。——福助，看这样子可是弄不下去了。一有了小孩，那就苦的要不得啊！"

源太："是很好的乐趣嘛！"

金兵卫："是很好的苦趣罢了。全不中用呀。——喂，看头，看头！小孩子，小孩子！"走进石榴口，用热水给两个小孩浇身子："阿哥手够得到的地方都自己浇吧。那么，沙沙沙……啊，好了，好了！热得好嘛。"

德藏："这个，金兵卫，在小孩们稍为有点热吧。"

金兵卫："啊，德藏么，昨天你往哪里去了？那么的高兴着。"

德藏："嗳，往王子去了。"

金兵卫："哈哈，是海老屋么，扇屋么？"

德藏："那么样算了倒是好了，可是我走过那田坂[83]去了！"

金兵卫："照例是那今口巴屋么？[84]哈，哈，哈！那么的泡在里边……"

[83] 从王子（地名）的田坂走过去，即是公娼集中地有名的吉原。

[84] 三田村氏注云借指当时的山田巴，系吉原有名的一家给妓馆做介绍的茶馆。

德藏："叫对上点冷水吧。小孩们是，洗热澡洗怕了，便要厌恶洗澡的呀。"咚咚咚的敲打板壁，里边也咚的给了回答。"搅澡汤的时候，最好是叫那说倒橹的净琉璃故事的来干。现在各位，澡汤要溅起来了。呀嘘嘘，呀嘘嘘！"[85]用力搅动。

金兵卫："嗳，嗳，多谢多谢！——现在进去吧。阿哥快点进去呀！"

阿哥："阿爹，还热得很哩。"

金兵卫："什么，哪里还会得热。那位阿叔特意给对了冷水的嘛。阿鹤是很棒的，啊呀啊呀，你看进来了。"

德藏："连锅炉这边也温和了。已经行了吧。"咚咚的敲了两下。[86]

金兵卫："阿鹤很棒，很棒！"

阿哥："阿爹，我也棒！看着吧，进来了！"

金兵卫："啊，很棒，很棒！拿水桶舀这水吧，你看，沙沙沙！好玩得很，好玩得很。啊唷，啊唷，小乌龟游起水来了，啊呀，喂，哺哺哺的吸水哩。啊，好呀，好呀！阿哥好好地浸

---

[85] 倒橹是说在船首也装橹枝，可以倒行。净琉璃说书中有一节，说木曾氏家臣樋口二郎欲为主家复仇，化身为船户，学习倒橹。说书人模拟他的状态，大声说呀嘘嘘，呀嘘嘘，其身段与搅浴汤正相似。

[86] 浴客叫澡堂的人添凉水，敲板壁为号，及水添后亦敲板壁作为回答。

着，把身子暖和透了。”

阿哥：“嗳，好好地浸着，金鱼和红鲤鱼会得出来么？”

金兵卫：“当然会得出来，会得出来。哭起来呢，水虎[87]要出来的。啊，可怕得很。不，不，水虎别出来。阿鹤是聪明的，所以不会得哭。是吧，不哭吧。”

阿哥：“我也并不是脓包呀。”

金兵卫：“啊，啊，阿哥也棒！——喂，耳朵边上不要积着油泥，那么闭着眼睛吧。还有鼻子底下也打扫一下，别让有虫子咬着，啊，现在成了乖孩子了。人家的叔叔都要称赞了。喂，舌头拖出来！现在成了乖孩子了！啊啊，咳嗽起来了。呀呀，阿爹真不好，因为太多洗了舌头了。肚肚上面有热热，[88]现在不洗了。热热是谁给做的呀？”

妹妹：“阿妈！”

金兵卫：“啊啊，阿妈么？讨厌的阿妈，给她打打吧？给可爱的宝宝做了热热的。”

妹妹：“阿妈，打打！”

金兵卫：“嗳，嗳，给阿妈打打吧。”

---

[87] 水虎俗称河童，系水中怪物。状似孩童，又像甲鱼云。

[88] 用艾灸治病，日本古亦有之，小孩语则称为热热云。

阿哥："阿爹，出去吧！"

金兵卫："不，还要再暖和一下子。"

阿哥："可是热得难过嘛！"

金兵卫："什么，乖乖地等着吧。阿鹤是这么乖着。——喂，喂，阿哥和阿鹤都来唱个歌吧。"

阿哥："月亮菩萨几岁了？十三加七岁。"[89]

金兵卫："那么——？"

阿哥："——年纪还轻哩！"

金兵卫："生了那个孩子。"

阿哥："生了这个孩子。"

金兵卫："阿鹤也来唱呀！"

妹妹："叫阿万抱抱。"

金兵卫："啊啊，叫阿万抱抱。还有呢？"

阿哥："现在还有呢？"

妹妹："绷了鼓了。"

金兵卫："什么什么，还有哩。——阿万哪里去啦？"

阿哥："买油去了，买茶去。"

[89] 此系一首童谣，题目似对月亮，意思顺递而下，不可把握。十三加七岁，"加"字系补充的，七或云九抑或云一，但多数均说七。

金兵卫：“阿哥说的很好。”

阿哥：“油店的店门口。”

妹妹：“冻了冰。”

金兵卫：“啊啊，冻了冰了。”

阿哥：“滑了跌了跤。”

金兵卫：“一升的油撒掉了！——阿鹤也说吧。那油怎么啦？说呀！次郎家的狗。”

阿哥：“唷，阿爹说的不对呀！先是太郎家的嘛。”

金兵卫：“都舔——”

妹妹：“——完啦！”

金兵卫：“阿爹可是忘记了，哈哈哈。”

阿哥：“那狗怎么啦？”

金兵卫：“说吧说吧！是这里了。”

妹妹：“绷了鼓了。”

阿哥：“向着那边咚咚咚。”

金兵卫：“这边也是咚咚咚。”

阿哥：“不是这样的。——向着这边咚咚咚。”

金兵卫：“啊，是这么的么？啊，咚咚咚！现在我们出来吧。——嗳，出来了，小孩子，小孩子！——阿妈正等着吧。山芋呢，饼饼呢，什么好东西，等着给成了乖孩子的做赏品哩。

喂，成了乖孩子了。啊啊，阿初拿浴衣来迎接了。”

妹妹：“初衣衣。”

金兵卫：“啊，啊。——喂，阿初，交给你吧！嗳，成了乖孩子了。”

六　隐居和医生的谈话

在着衣服的地方，医生和隐居说着话。

医生：“隐居老太爷，怎么样？还是照旧下棋[90]吧。伊势十的主人，油八的太郎兵卫这些家伙，[91]都各别会着吧？这是所谓棋冤家[92]这物事。哈，哈，哈！”好像是嘲弄人似的笑着，口气很是庄重，有一句口头禅，爱说什么物事或家伙。

隐居：“不呀，近时亲戚家里有病人，舍间的人轮流地相帮守夜，啊，这么那么地乱嘈嘈的，棋也不下了。”

医生：“唔，那是不行。啊，那不幸得很。可是，病是什么呢？”

---

[90] 这所谓棋乃是围棋，古时从中国传过去，下棋规则大体与中国相同，不像象棋的全变样了。

[91] 伊势十是店号，系伊势屋之一，而另加十字以示区分。油八当是油店，“八”则有如称为某记。

[92] 下棋的对手因在对抗，故有敌意，但又互相需要，日本落语有《笠棋》一篇，最能演出这种特殊情意。今称为棋冤家，似比棋敌稍好。

隐居："总之是食物下不去，吃了的时候，失礼地说来，[93]就吐了。这一时更是加重起来了。"

医生："嗳，请谁看了来的呢？"

隐居："请仲景先生看了两周期，[94]因为不见效，中间请教了孙邈先生，现在看的是丹溪先生。"[95]

医生："诊断作什么呢？"

隐居："各人总之都说是膈症。"

医生："不是膈症！什么，这会是膈症么？只要吃了东西去要吐，便说是膈，这乃是俗物的胡猜罢了。噎膈翻胃这物事，那又是大大地不同的，怎么怎么，那些汉子们的一点儿见识怎么能知道呢？哈，哈，哈！在医书里边，依照'外台千金方'[96]的话说来，嗯，说着什么呢？嗯，说的是什么，息似鹅棒飞散

[93] 正经谈话中间，大小方便的话固然禁忌，即呕吐等也嫌腌脏，提及时当致抱歉之意。

[94] 日本古时祈祷服药，常以七日为一周期，大概从佛教中来，与后来星期的办法暗合。

[95] 这一节描写无学识的医生夸口乱说，对话中也就借用古人名字，仲景即汉张仲景，孙邈为唐孙思邈的略称，丹溪即朱丹溪，元朝名医。

[96]《外台秘要》系唐王焘所著的医书，《千金方》则是孙思邈所著，这里混合在一起了。

乱，人成膈症力俳谐。[97] 凡是病人的呼吸像是吞了鹅棒，即是关羽张飞所拿的那棒似的，[98] 呼吸急迫苦痛，总之飞了要散乱了。这膈症的物事，又是爱好所谓俳谐[99] 的人所生的毛病，所以说是人成膈症力俳谐嘛。人家愈是说别搞了，别搞了吧，他就愈用力要搞俳谐，这种人是多生那种病的。”

隐居：“照你这么说来，倒的确是爱好俳谐的人。”

医生：“单是搞一下歌仙[100] 什么，那还没关系，弄到五十韵一百韵，以至留韵，[101] 那病就重起来了。你看吧，果是爱好

---

[97] 原本系白居易诗句，见于公元十世纪末日本所编的《和汉朗咏集》卷上，“雪似鹅毛飞散乱，人披鹤氅立徘徊”，原题为《酬令公雪中见赠》。医生只记得文句，把好些字又读讹了，如鹅毛与鹅棒读音相像，鹤氅与膈症，徘徊与俳谐音均相同，便胡乱地拉来作为医理的解释了。

[98] 关羽张飞不曾拿棒，此盖是把丈八蛇矛拿来附会，虽然鹅字仍无着落，说大话的人却也不管了。

[99] 俳谐系俳谐连歌的略语。连歌即是联句，乃是将日本的一首短歌分为上下两截，即上句十七音，下句十四音，由两人分做，合成一首，也有联下去很长的，有三十六句，五十以至一百句的连歌。俳谐连歌的形式也是一样，只是规则稍有不同，又词句多涉滑稽，正如它的名称所表示那样。由俳谐连歌缩短，只剩第一句十七音，这就成为后来的俳句了。

[100] 歌仙即三十六韵的连歌。公元十世纪有人选取古歌人三十六名，仿“饮中八仙”的例，称为三十六歌仙。因此成为一个故典，三十六句的歌也就称作“歌仙”了。

[101] 五十韵百韵原系连歌的事，“留韵”则无此名目，乃是医生信口乱道，把病名的“溜饮”同音假借，说成一起。

俳谐的。不看见病人，也还是这么样。看脉指病。这边是只听了一下子，就诊出病来了。哈，哈，哈！——有避忌[102]的吃食，要请注意。其与噎膈翻胃似是而非的物事，叫作鸬鹚病。[103]这乃是吃了东西，立即吐出的。那恐怕是这鸬鹚病吧。是很难治的病症。那些汉子动嘴比动药匙[104]要能干得多，抓住了病家的俗物，说什么新来的唐本没有标点不好读，[105]又说唐人也多有些杜撰的话，及至病家问起，丹溪先生，病人想吃鸡蛋，怎么办呢？啊，是么，嗳，鸡卵是不行的，可是假如想吃的话，那么吃一点鸭子卵也行吧！[106]是说这种不通文理的话的汉子们嘛！哈，哈，哈。真是可叹的事！哈，哈，哈！——如今，出来玩玩吧。近时为的帮助消化，在开始弄球了。这就是所谓蹴鞠这物事。虽然不能成为像成通卿[107]那么的高手，就单是

---

[102] 连歌中原有一项“避忌”的规则，这里利用双关的意思，来说病人的食忌。

[103] 鸬鹚病无此病名，也是医生信口开河的话。

[104] 日本的汉方医生均自带药箱，开方配药，自己使用药匙，合于古代刀圭的说法。

[105] 日本旧时称中国为唐，唐本即是中国书。日本人读汉文，使用一种标点，表示句法读法，即可了解。新书当然无此种标点，医生这话也在表示他的一知半解。

[106] 此处又在借医生的嘴，嘲笑那些不通的人们。他们假装通文，知道鸡蛋文言云鸡卵，说到鸭蛋觉得俗语欠文雅，普通又不使用鸭卵的音读语，所以说为“鸭子卵”，反而显得文理不通了。

[107] 藤原成通系古代公卿，以善于蹋球著名，著有《鞠谱》一书。

踏着玩，也于消化上很有好处的。请你过来玩吧。——怎么样，伙计？所谓主管者这物事乃是重任呀！哈，哈，哈！”

伙计：“嘿，嘿，嘿。今日上哪里呀？”

医生：“唔，今天从芥子园的书画会出去，到顾炎武那里去一下，再转到山谷的诗会去，在那里会得碰到东坡放翁，要委托好些代作的吧。[108]总之是消遣的地方太多，要听病家的叨叨，受不了。所以医生行了时，是很受苦的。啊，再见了。哈，哈，哈，哈！”一手抱着浴衣，走出去了。

七　关于家私花光的浪荡的话

名叫八兵卫的男子，满头冒着热气，用手巾当作围裙，系在腰间，在抖擞衣服。

名叫松右卫门的男子，旧式地把丁字带的直条夹在下巴底下，[109]在系带子，手巾却是团作一团，搁在头顶上。

---

[108] 这里也借用古人的名字，参看注[95]。

[109] 丁字带在日本称作裈（fundoshi），亦称下带，系将横长的带子系在腰间，直长的一条由前转到后边，兜住阴部，便入横带上。着时先系横带，不让直条拖在地上，拿起来却夹在下巴底下，大概在著者写作的时候一般已不如此，所以称为旧式。

松右卫门：“八兵卫，你看那个吧。戴着深沿的草笠，[110]穿着碰一下就要撕开了的外褂，那里走着的讨人厌的那个人，那是原来有三十所的地产的地主的现形呀。”

八兵卫：“是那拐角的浪荡么？”

松右卫门：“正是呀。说可怜也是可怜。心术不好的话，便都是那个样子呀。”

八兵卫：“在那时候，可不是撒呀撒呀，天王老爷那副样子么？”[111]

松右卫门：“那老头儿从伊势出来，在一代里成了功。可是，精明得很哩。总之是不请人吃喝的。今天市上鱼很多，想给店里用人们吃一顿，便在大盘子上边，若是醋煎大鳁鱼便是五条，头尾整齐地排着，像是依照小笠原流的仪式，[112]规规矩矩地躺在那里。若是小鱼呢，今天买来烧好，明朝一早自己提了筐子，走到鱼市去。鱼市场团团地走上一转，出不起价钱，

---

[110] 笠帽本来是遮避太阳的用具，平常也有人使用，特别是帽沿稍深，为的好掩盖眉眼，不让人家看见，容易认识。

[111] 神田明神每年五月出巡境内的时候，先有人着外褂，戴长鼻妖怪天狗的假面，撒布印有牛头天王四黑字的红纸小片，口中高唱道：“天王老爷爱嚷嚷，小孩们嚷吧，哇哇地嚷吧！撒吧，撒吧，捡拾吧！嚷呀，嚷呀，哇哇地嚷吧。”以此名云哇哇天王。

[112] 小笠原流系旧时讲究礼节的一种流派。最是正宗，也最烦琐讨厌。

买了些泥萝卜的折断了的来，把那昨天烧的小鱼一条条地放进去，做成红烧圆片萝卜，这便是正菜。家里虽是有好些老妈子使女，菜总是老太太出来，很仔细地来盛好。老太爷把那小鱼拿来，嘎吱嘎吱地从头咬了吃，说道鱼的鲜味是在头里，所以四五十个伙计徒弟也没有办法，都只好从鱼头吃起。而且在那里什么都不会过时。一年到头，早上是茶粥，[113]中午只是酱汤，晚饭是黄萝卜，而且咸得要命，只要两片，连吸白开水的菜也就有了。今日说是佛爷的日子，[114]八杯豆腐在碗当中悠悠然地游泳着。[115]搁了木鱼片[116]的酱汤，只在财神节[117]和生日那时候才有。三顿饭之外所吃的东西是，冷饭晒干的干粮的盐炒，中间加入从乡下送来的煮黄豆，可是你知道，那豆的数目是，要打锣敲鼓去找才好哩。这个炒米之外，便是自造的甜

---

[113] 茶粥是用茶汁所煮的粥。

[114] 佛教徒称人死为成佛，死人亦均称佛爷，这里所说即是祖先的忌日。

[115] 八杯豆腐的做法是用水四杯，酱油酒各二杯做汤，薄片细切的豆腐加入共煮。

[116] 鲣亦称松鱼，取背肉蒸制晒干，称为鲣节，用时刨成薄片，加菜肴中为调味料，中国名为木鱼，因其形如木头。

[117] 日本俗名惠比须，亦写作“夷”字，系七福神之一，古衣冠，腋下挟大头鱼，右手持钓竿，商家多奉事以求得利。每年正月二十日及十月二十日定为惠比须祭，招集亲戚故旧，置酒宴享。

酒[118]了。老太太是上总地方的出身，只是做叫作萨摩炒米[119]这种点心。此外什么吃喝的东西，全都没有。因为对于祖先尊重，往来的人也用心使唤，所以家私当然就长起来了。金银生利息，抵押的房产收进来，生意上又赚钱。在一时间就成了大财主了。”

八兵卫：“的确，我也听我们父亲讲过他的故事。总之酒是只在财神节才有，平常有客来的时候，叫两碗面来，放在鼻子前面，说道请请，不要客气地请吧！可是这里只有两碗，客人只好吃了一碗就走。这之后，主人便叫奶奶呀，那么我们分吃了吧，你也来吃一点，于是一人一半地吃了。那么样，钱自然就积下来了呀。”

松右卫门：“第一他是运气好。[120]只在三十年间，就有地产三十二三处，土藏[121]三十，地窖二十五六，加上往来的人数算来，那真是了不起的大家了。”

---

[118] 糯米煮粥，入曲令发酵，加热喝用，配以姜汁，甘美可口，为夏季普通饮料之一，因系热吃，故担卖者必携带一个铜锅，参看注 [127]。

[119] 萨摩炒米系于炒米中加入切碎的山芋，再加白糖酱油煮成，山芋俗名萨摩芋，故名。

[120] 原文云“冥利”，神佛信徒的口气，谓冥冥之中所给与的利益。

[121] 日本房屋多用木造，惟当作库藏的房间乃用砖墙，故名土藏，其掘地造成者则名穴藏。

八兵卫：“这些就只有两三年，都花光了。”

松右卫门：“可不是吧。搞光是容易呀，可是一文钱也不是轻易赚得来的。你们是还年轻，别去花钱，这是要受到金罚的。[122]——对不对，伙计？这伙计一声不响的，大概也已经买有股子[123]了吧？”

伙计：“嗳，果子[124]么，只有买了来吃早饭。钱这个物事怎么也积存不起来。”

松右卫门：“不，不，那是顶好积存的东西。因为心术不好，才积存不了。住在这江户好地方，哪里会有积存不了钱的事情呢？因为这里是钱和金子都聚在一起的好地方，所以各地的人都走了拢来，来发财的嘛。你伙计如果不想弄钱，那么住在乡下，吃了杂粮饭冻着，岂不好么。怎么，没有话说了吧？”

伙计：“啊，这是我错了。”

松右卫门：“可是这里也有指望。这伙计是有出息的。凡

---

[122] 俗语谓人因浪费金钱的结果，受到恶报，名为金罚。

[123] “股子”原语云“株”，据说旧时江户澡堂有定额。共计五百七十余户，澡堂股子每株值银三五百以至一千两云。这里是说伙计在本堂入有股本。

[124] 北京称油条为果子，今借用与股子双关。原文云“大头菜”，只有买了来做酱汤，大头菜（写作“芜”）与股子的“株”读音相同。

是讨厌厚棉衣服的人，总要倒楣。[125]你要知道，你的衣服假如成了薄棉，那就完了。——八兵卫也是现在只有一个阿妈，要好好地孝顺。不要叫她多操心。唐国的叫作什么的唐人呀，在寒中想去掘笋，还掘出黄金的饭锅来了呢！”[126]

八兵卫：“嗳，我们孝顺是掘不着黄金锅的，只是叫那挑着紫铜锅[127]的来给点甜酒罢哩！”

松右卫门：“那么也就行了。——现在的那个浪荡，接受了那些家私，弄成这个模样，正是不孝的报应呀！在那老头子出丧的时候，要烧香了，却学那戏子的样儿，穿了披风礼服，[128]趿着脚走路。立刻要同父母永别了，一点都看不出哀痛之情，这样的人是不成东西的，大家这样想着，果然不出所料。什么艺妓呀，帮闲呀，[129]啊，这样那样的，种种的人物都弄到

[125] 意思不明白，大概是说爱漂亮的人厌弃厚棉袄，改用薄棉，是奢华的起头。

[126] 江户时代，《二十四孝》在日本很流行，这里说的即是孟宗的事，却又传讹，与郭巨混在一起了。

[127] 参看注[118]。紫铜俗语云唐铜，这里在讲唐人的故事，用语亦含有双关的意味。

[128] 原文云“上下”，用古文应作“帔”吧，在正式衣裳装束的上面，加上背心似的东西，算是旧时的大礼服。

[129] 艺妓直译应称“卖艺的”，因为她们号称卖艺不卖身，是与妓女有别的。帮闲原文意云“掌鼓的”，据出口氏注说，六斋念佛会以金鼓为节，二人分掌，不能相兼，清客侍奉财主游玩，自己不出钱，用掌鼓的不掌金的双关语，乃有是名。

家里面去，哗啦哗啦地闹一通，还有台基啦，[130]窑子啦，滑倒了躺下了的，里里外外的用度加多了。[131]朋友们中间的来往，就成了完啦大明神。[132]老头子身里的油终于干了。虽然如此，还是傲慢的看不起人，什么文盲咧，俗物咧那么地说，把他的那茶磨子的本事高挂在鼻子上。[133]单是茶室[134]就不知道改造了几回。那真是所谓什么读丰后的不懂得丰后[135]吧。总而言之，一个人的身家要用心保守，用心保守。”

八　将要化成鳗鱼的山芋的故事

乡下出来的帮工在铁铲子上拿着火炭出来，听见了这一

[130] 这译语不很确切，原文只是茶屋，但这在吉原却并不是吃茶的地方，旧时游客先到茶屋，招集艺妓等人，酒宴歌唱之后，由茶屋的人送到妓馆去，有些高等妓女专在茶屋接客云。其实也可译作“拉纤的茶馆”，但很易误会，所以索性改为意译了。

[131]“滑倒了躺下了”，原是俗语，说这样那样地出了许多事情，今依照前后口气，保留直译。

[132] 出口氏注云，大概在完啦之下戏加大明神之称，或者当时有读音相似的神名，所以模仿来说亦未可知，但未能查明。

[133]“茶磨子的本事”谓学无专长的技艺，这里又双关下文茶室。“挂在鼻子上”原意只是傲慢自夸，但因保存滑稽意味，故今保留直译。

[134] 旧时举行茶道仪式的小房间，造得朴素而很讲究。

[135] 俗谚云，“读《论语》的不懂得《论语》”，讥刺读书人。今又转讹，丰后（Bungo）地名，以歌曲丰后调著名，读音与“论语”（Rungo）相近。

段话。[136]

三助："想要弄钱，去做投机的事，那是坏事情呀。我在乡里的时候，遇着过一件怪气的事件。唔，这里叫作什么的呀，在我们那里是叫作山芋。"

大众："在江户也是叫作山芋。"

三助："那个，山芋快要变了鳗了！"

大众："真怪呀！"

三助："原来，也并不是整个身子都变了，半边是山芋，半边是鳗鱼呀。在那里，打猎的人看见了，大吃一惊，大概是什么山神在作怪，或是蟒蛇吧。蟒蛇没有变好，总之是什么怪物。要打杀也并不难，只是怕死不了，那才怪可怕的呢。村里的老乡聚集拢来，加以讨论，那个，曾根村的叫做松之丞老爷这人，是从神功皇后的时代[137]起，代代相传的博学的人物。那松之丞老爷拿了烟管侧着头，眼睛也不睐地看着。啊，了不得地用心的想，说这乃是鳗呀！如果不是鳗的话，他就离开这土地庙，再也不能住代代住下来的这个村里了。这乃是山芋变

[136] 这个帮工名叫三助，本是乡下人普通的名字，因为澡堂里管舀水搓澡的人名叫三助的很多，后来便成了这种帮工的通名了。

[137] 神功皇后生于公元二世纪末，曾摄政七十年，正当中国三国时代，在历史上很有名。

成了鳗了！或者鳗变成了山芋了。两个里边，总有一个是对的。不必去找道士的占卜，也用不着道婆的竹枝子乱掸了。[138]这是鳗鱼，并不是蟒蛇。可是，那个，雀入大水为蛤[139]的话在书上虽是有过，山芋变成鳗的事情在《庭训往来》，今川了俊，以及此外在《万宝全书》，在《年代记》上边，[140]谁都说没有见到过呀。那个什么，投机事业家的是什么耳朵呀，[141]很快地就听见了。他们打听清楚了这件事情，立即商量好了，拿出二十两银子来！这二十两分摊给村里的人，什么浊酒呀，年糕呀，总之闹了三天的元旦来做庆祝。这班投机事业家，便把这演戏的名角[142]请来装在四角的箱子里，心想在开幕时赚一笔大钱，展览的地方也差不多收拾好了，刚要打算开场的时候，奇事出来了！”

---

[138] 道士原本系指神官，道婆则是巫女，执竹枝乱舞以降神，口传神语。

[139] 雀入大水为蛤，见《礼记·月令》中。本是古来传说，当然不是事实。明谢在杭在《五杂组》卷二中说得很妙：雀入大水为蛤，北方人常习见之，每至季秋，千百为群，飞噪至水浜，簸荡旋舞数回而后入，其为蛤为否，不可得而知也。

[140]《庭训往来》系僧玄慧所作，用一年间的书信的形式，教授儿童以民间事物的名称。今川了俊曾著书训诫其弟，后世称《今川帖》，作为训蒙之用。《万宝全书》原名《杂书》，性质颇相同。《年代记》系纪年体的记事书，以上均为旧时民间据为典要的书物。

[141] 意思是说兔耳朵那样的长。

[142]“名角”原文云“太夫”，旧时各项艺人多称太夫，本与大夫相同，后来读音变作“太由”了。

大众："怎么啦，怎么啦？"

三助："啊唷啊唷，要笑断肚子筋的事情！那个，一半变成鳗的家伙山芋，在建造展览场的几天中间，山芋的形状全然没有了，全部都变成了鳗了！一半是山芋的东西现在变成了鳗，所以向那边扭过去，向这边扭过来，要想抓住它呢，从手指缝中间滑滑地，滑滑地钻了出去，老是弯弯扭扭地往上钻。啊，可不是叫人大吃一惊么？如果用力地一抓，会得把它掐死的。埋在土里呢，算是卖了一条鳗命，[143]或者会得变成山芋吧，但是变了山芋，那也不值原价了！"

大众："哈，哈，哈！哈，哈，哈！"都挺着身子大笑。

三助："总之那顶要紧的名角，原形变得不成样子，大家都吓傻了。那投机事业家大大地打算错了。连那小房子什么都在内，一总损失了三十两，他就自暴自弃起来，把那鳗烧来吃了。计算一下，一块的价钱是三两五钱几分，[144]好贵的鳗鱼呀！三十两的烤鳗，一个人吃了下去。长着贪心不足的皮，一

[143] 俗语有"犬死"一语，谓死得像狗一样，表示不值得，这里模仿了说"鳗死"，姑用意译。

[144] 日本旧时币制，虽是金银也是用两，办法与中国稍有不同。两以下并不用十进的钱与分，银一两分作四步，一步又分作四铢，这里原文云三两二步几铢，正当应是三两五钱多。

定是硬得很吧！[145]哈，哈，哈！”

九　豚七中了热气

在这时候，浴池中有人高叫：“说是中了热气了！喂，伙计，有人发了晕哩！中了热气，中了热气了！”[146]

伙计：“什么，中了热气了？那是了不得，了不得！”许多澡堂的帮工从池中抬了出来，乃是以前的瘫子，中了热气，动弹不得了。

甲：“谁呀，谁呀？”

乙：“是那瘫子豚七。”

丙：“原是病人，还是长时间的泡着嘛。”

丁：“脸上喷水吧！”

戊：“头上给搁上草鞋吧！”[147]

己：“什么，那是羊角风呀。还是给在肩胛上写刀豆字样吧！”

庚：“那才是医鬼箭风的法子呀！”[148]

---

[145] 俗语谓贪得为“长着贪心的皮”，这里说投机事业家贪财失败，吃了很贵的烧鳗，双关的说，故云鳗皮一定很硬吧。

[146] 在热水里浸得时间太多，引起脑充血，人事不省，俗称中了热气。

[147] 民间医治羊角风的符咒，据出口氏注，在近二十年中也还有些地方，施用这种方法。

[148] 鬼箭风系中国东南方言，指肩背忽然剧痛充血的疾病。

辛：“豚七呀，豚七呀——咚咚，锵！”[149]

壬：“别开玩笑了！叫醒他来，叫醒他来吧！”大家用水喷他的脸，好容易豚七才醒过来了。

癸：“怎么样？豚七，豚七！清醒了么，清醒了么？”

子[150]：“明白吗？”

豚七：“唔，唔，不，不，不碍，不碍！——我，什么样啦？”

丑大声说：“中了热气了！”

豚七：“呃，呃？”

丑：“中了热气了！”

豚七：“中了，中了热气了？唔，唔，了不得。——已经好，已经好了！不碍了，不碍了。热气下去了，下去了。胡里胡涂，胡里胡涂的。刚才，刚才热气下去了。不，不，不碍了，不碍了！”

舀热水的帮工来坐在台上，替换伙计去吃午饭。

行商人的各种声音。

甲：“菖蒲，菖蒲团——子！”[151]

乙：“金时豆，煮豇豆！”[152]

---

[149] 模仿寻找迷失小孩时的锣鼓声。

[150] 上文自甲以后，说话的人不曾标明是谁，今姑以干支为序，可能有些说话的是同一个人。

[151] 旧时食物之一，竹枝上端劈作四叉，各穿小团子一枚，状似菖蒲花，故名。

[152] 金时豆见上文注［45］。

丙:“豆腐——！”

丁:“烤鳗鱼，烤鳗鱼要么？”

戊:“补碗啊——！[153]有人要补碗的么？”

己:“喂，补碗呀，想请你把我家的水缸补一下！”

戊:“哼，别胡调了！”[154]

---

[153] 日本在十八世纪末始有补碗的方法，乃系用药将陶片粘合，其用小铜钉锔合盖是中国特有，故此处不用钉碗的名称。

[154] 据三田村氏注，补碗大抵只是小件，这里有人叫补水缸，乃是故意开玩笑，所以补碗的这样回答。中国别有补缸的人，用铁沙盐卤填补缸缝，亦或使用铁锔，日本似无此种补法。

中午的光景

一〇　浴池内的光景

浴池内有人敲板壁："咚咚咚！——还不对水，不对水么？热呀，热呀！"

另一个人："别对水！要变成凉水了！"

伙计："热水出来了。"

舀水的帮工："嗳！"拿了专用水桶出来。

一个显得是好管闲事的老头儿，用着脚把洗手巾的小桶归并在一处："喂，小伙子们！洗浴场要好好的洗呀！老人们走起来危险，这要滑咧。还有这小桶，也没有这样摆法的。连走路也没有了。喂，那水槽的水满出来了！谁呀，把米糠袋倒了的？这个模样呀！乱七八糟。喂，喂，脚底下踩着了膏药了！呃，腌脏得很。嘿，嘿，吐痰咧，掉疮痂儿咧！嘿，嘿，哎呀哎呀，全没有秩序。南无妙法莲华经！”从石榴口向里边一探望：“呀，好多的屁股呀！喂，对不起！你们都干的不对。别老堵着门口，往那中间去吧。后来人就要进不来了。而且又老是那么样地坐着，那是不是事呀！——嗳，老人来哩！啊，这是很好的澡汤呀。说这汤太温和的人，去浸到锅炉里去，或者把这格子卸下了，走进镬里去好吧。啊，啊，好得很，好得很。南无妙法莲华经！”

甲唱歌：“清盛老爷是火的病，我们是……[155]——喂，老头儿，那么浸到那里边去，那跟马可是麻烦呀！[156]你觉得热，那么用一片腌菜，拿来搅一下子就好了。[157]咦，水开上来了。

[155] 平清盛系十二世纪时将军，因患伤寒而死，相传说是火症，川柳讽刺诗有清盛进浴池去，嗤的一声，形容水沸云。原歌尚有下句，云我们乃是因了妒忌的气的病，原是女人的口气。

[156] 这里是双关的游戏语。上文澡堂烧水的锅炉原文云“铁炮”，盖谓形似。此处连带的说及吉原附近的“铁炮店”，乃是下等妓女，代价系分为二百文一段，若住夜则定为四五段，又别有花费，所耗或过于吉原。吉原旧例有嫖客欠钱不能付给，由人跟随同去，设法借钱偿付，其人称为跟马。

[157] 日本旧时饭后饮茶，以腌菜一片为下茶之物，茶太热时或即以菜（或瓜类）入茶中搅动之，三田村氏云这里所说即指此事。出口氏则云系利用傻女婿的民间故事，本事大概分布颇广，只记得《北安昙郡乡土志稿》中记有一则，说傻子住邻家洗浴，因浴汤太热，大叫“请拿一点腌菜来”云。

了不得！热水沁到虱子咬过的孔子里去，舒服得很！全体都长了梅花鹿的斑纹了。虱子这东西倒也不是全然要不得的！”

乙唱歌：“偷偷走近来的小灯笼，伊吾呀，伊吾呀的叫了来看，可爱的吉松是同了谁睡了？喂，喂，若是若同阿爹睡了，那好吧好吧。”[158]

丙唱歌：“即使是山里的三家村也好，若是同了你两个人过日子，……”[159]

丁：“哼，畜生[160]，同意同意。好好地干去吧！”

戊潮来调的帮腔：“嗳，了不得，再来吧，来吧！”——胡乱模仿弹三弦：的古的古丁冬，的古的古丁丁，的古嘣嘣！

己：“喂，别闹别闹，三弦要崩了。”

戊：“啊，对不起！”

庚：“呀，出来了，出来了！跨了过去，大家原谅！”

辛：“好大的肾囊呀！这和脑袋去撞一下，肾囊飞到空中

---

[158] 据三田村氏注，此乃是民间流行歌，见于一八〇八年出版的《小歌志汇集》中，惟首句作“从对面走近来的”。所说系有名旧戏《忠臣藏》中的事情，伊吾为天河屋的徒弟，见原戏第十段。吉松盖是来访的女人阿园的爱儿，歌词即从戏文演绎而出。

[159] 这也是民歌，下文尚有“竹的柱子茅草的屋顶，我是一点都不嫌”两句。

[160] 这里畜生一语并非骂詈，乃是感动悦服的意思，所以接下去是激励的话了。

去，成了怪气的魂灵了！”[161]

壬：“阿吉，从头若是打了金，那就非得连马不可了吧。[162]从屁股那边放上银，系上丁字带好了。”

癸：“且别管，跟飞车给吃了，同角将一般吧。[163]去你的吧！——喂，出来了，乡下佬，乡下佬！”

一一　西部人把别人的丁字带错当作手巾

从西部地方初到江户来的人，不知道澡堂的情形，大睁着眼矗立在那里，看见洗裤子用的浅木盆里泡着一条新的泥兜式丁字带[164]，说道：“这真是很对不起的事情！热水也舀好了，连

[161] 日本俗信，人的魂灵在空中飘荡，状如火焰，形圆有尾，盖因磷火而联想出来的吧。

[162] 睾丸一语，日本除音读之外又读若金弹，此处利用双关，说到象棋的上边去。日本象棋与中国的似是而非，主帅曰王将，又有金将银将，近似中国的士相，即本文所说的是。马即棋子之称，在敌我之间着一棋子以阻隔之，称为连马。下句则说在敌方隔着一格相并放着的金与金之间，即在其直下着一银将。屁股与丁字带等，则因与睾丸双关而连带使用出来的。

[163] 飞车与中国的车相似，角亦称角将，其作用与马相似，而更是有力。因为并不限定两格。

[164] 泥兜式丁字带系裤衩之一种，其特色是在直条的末端也钉有带子，用时将横条在腰间系好之后，其丁字的直条由后向前，通过横带，再将前端的细带系于颈后，以免散落。因直条前后有带，其状如民间搬运泥土用的土笼，平常用稻草编成，中国北方瓦匠也还使用，不过系用布类所制罢了。

手巾都加在里面，这是太难为了。”

他把自己的手巾绞干了，晾在晒裤衩的竹竿上边，却将那新的泥兜带从热水里掏起来，开始洗脸：“这个热水怎么是有一股臭气的呀，呀，臭呀，臭呀！这是怎的，是什么呀？可不是人家用过了的么？啊，浮着这些油。哎呀呀，那么闪闪有光的，好像是洗过鲸鱼什么似的！怪气的味儿，把它倒了吧。”将热水浇在身上，拿着木盆到舀热水的那地方去。

舀热水的：“你拿这木盆到这里来，可是不行呀！[165]还是放在那地方，拿小桶舀了去倒吧。”

西部人：“哎，哎。”舀热水的人以为他是要洗裤衩，所以这样指挥，那汉子听了指挥，回到原来的地方，特地拿了小桶舀水去，倒在洗裤衩的木盆里使用。

西部人：“这手巾原是新的，怎么会得这个样子，这里那里地都弄脏的呢？好像是丢进阴沟去过的样子，这样腌脏。”把泥兜丁字带摊开来看，见到前后都有带子钉着：“在这里前后都钉着带子，大概把这物事包到头上去时候，用这带子好套在下巴颏儿底下的吧？这倒是很方便的呀！”将带子卷在臂膊

[165] 这里的热水系供出浴后洗净之用。有人专管舀水，不让浴桶提取，至于洗裤衩的木盆更是看作不净的了。参看上文注 [13]。

上，拿裤衩团作一团，遍身擦洗。

有上方人[166]从浴池里出来，走到木盆旁边，四面观望："啊，这怎么啦？刚才泡在这里的裤衩没有了！还没洗过的东西，不会得丢掉的。无论怎么找总是不见，这真是怪事了。"看见西部人拿着当手巾用，正在洗脸，大吃一惊道："喂，这了不得！那里不是你的手巾么？"

西部人："哎，哎。这物事原来是搁在木盆里的，我自己带来的手巾，是挂在这儿哩。"

上方人："呀，坏啦，坏啦！你真胡乱乱搞的人呀！那不是手巾，乃是我的裤衩啊！用裤衩洗脸，真是傻子。是给狐狸精迷了呢，还是发了疯？你，是在干的什么呀！赶快把身子淋一下子吧。真是惶恐得很！"

西部人听了这话，也大吃一惊："难怪，我觉得这么油腻得很哩！再过一会儿，就要全洗干净了。嘿，嘿！这个，这个，回想起那臭气来，啊呀呀，啊呀呀！"把裤衩抛在木盆内，走进浴池里去了。

上方人："哈，哈，哈！哈，哈，哈！了不得的大傻瓜呀！

[166] 日本旧时京都在关西，今称西京者是，行道由关东即江户方面往京，称为上行，往东则为下行，故大阪西京一带向称上方，至今沿用。

这倒是比我自己洗的，还要好得多哩。因了偶然的事情，得到了意外的侥幸。呀，这并不是因了偶然的事情得了意外的侥幸，乃真是因了裤衩的事情得到了泥兜的侥幸了！[167]这不是很好玩的双关话么？哈，哈，哈！”

[167] 偶然的事情得到意外的侥幸，系旧时谚语，今以双关语作游戏，原文“偶然”与“丁字带”，“意外”与“泥兜”，读音甚近似，惟在译文上无法保存，所以说得不免有点支离了。

前編巻下

午后的光景

一二　小孩们的喧闹

卖甜酒的："御膳白菊，甜的，甜的！"[1]

小孩一大群，手脚全是墨污，像黑人一个样子，只有眼睛发着光，乱七八糟的跑了进来，乃是八点过从书房里习字班散出来的。[2]

---

[1] 御膳系对于贵人食品的敬语，虽然这里所说的甜酒只是市井常食。甜酒见前编卷上注 [118]。白菊乃是甜酒的牌号，其实这种食品只是一种，这里不过加上一个名称，说来好听而已。市上卖甜酒的多不称全名，但高叫"甜的"。

[2] 日本古时计时法参看前编卷上注 [68]，所谓八点即是午后二时。旧式书塾通称寺儿屋，盖古代由寺院主办，后来乃有塾师主教，有读书习字各课，一般却只通称为习字，似乎乃是主课。

阿龟："啊略亮龙头，[3]啊略亮，亮亮亮亮！——阿松什么，真是不好打交道的家伙！我顶不爱。那么的大家豁过虫拳，[4]不是定下了次序的么？——喂，放手吧！衣服扯破了，回家去是要挨骂的。你家里妈妈反正不肯给我来缝好！"

阿松："大大的给缝啊！喂，拿出来！"

阿龟："多么会说话！可是到了那时候，就要来一个摊眼[5]吧！——喂，放手，放手！我要去告诉你家去！"

阿松："这倒是很好玩的！如果是男子汉，就去告诉去！"

阿胜："怎么呀？你们真会得吵架。——阿吉，对不起，对不起了。"

阿吉："我，累了，我累得很。洗澡吧！谁早早下去的，就是好孩子。"

阿又："洗澡洗了之后呀，我们不再来玩那个，那弹贝壳

---

[3] 出口氏本引《嬉游笑览》卷六下云，近时小儿一面跑着，一面歌唱着啊略亮溜，未能说明意义。今据三田村氏说，解作旧时消防队警告行人避道之词，原文"溜多"系"龙吐水"的讹略，即是"龙头"。后文小孩们含水四喷，与这事也正有关系。

[4] 原本云"虫拳"，俗称"三怕"，实际只用三个手指代表三种虫，即大拇指是蛙，次指是蛇，小指则是蛞蝓，相传蛙怕蛇，蛇怕蛞蝓，蛞蝓又怕蛙，小孩以此决定胜负。三怕亦作狐狸、洋枪与村长。

[5]"摊眼"系用南方小孩习惯语意译，原语意云红眼睛。小孩对别人的需索或恐吓予以拒绝，常以手指按眼下睑皮，使赤肉微露，意思说羞不羞？

的玩意儿么？”[6]

阿铁：“我不！”

阿又：“是不好打交道的家伙！那么从此以后不再来同你玩了！”

阿铁：“不玩也好吧。我就同金哥和幸哥去做戏玩去哩。石阶上打仗[7]的身段好不威武啊！”

阿又：“哼，唔，那么，让我也来入伙吧！”

阿铁：“你，那么就当那捕快吧。”

阿又：“我可不当！”

阿铁：“你瞧！像你这些人，平常戏也不看，……”

阿又：“嗳，前几时去了！是姐姐休假回家[8]的时候去的。”

阿铁：“我是，从师傅那里下班之后，每天都去。”

阿又：“可是，你还是那么的拙。”

阿铁：“就是拙也用不着你操心。你不用管啦！——同了新哥、龟哥和平哥三个人，我们演高丽屋，三津五郎和半四郎

---

[6] 这是一种扁圆的螺蛳壳，小孩们拿了来弹着游戏，有各样规则，分别输赢。

[7] 戏上打仗普通有刀兵打仗和架势打仗两样，这里所说可能是属于后者。

[8] 日本旧时规定，凡在大家服役的男女，以及工商的徒弟等人，通年没有休假，只在春秋两次，即正月七月十六日，可以回家休息，一二天不等。这种风俗沿至近时还是存在。

的打仗身段。[9]在那个，那个，那里家里的楼梯上，撑着雨伞，瞪了眼[10]做出一个把势，阿龟那家伙咚的跌下来了。脸上像是要哭的样子，奶奶说好能干好能干，高丽屋这角色是不会得哭的，这才没有哭了出来。”

阿又：“这是多么没用的哭虫[11]呀！”

阿幸：“铁哥，这个，我送给你吧。”在小孩们中间，这孩子是最老实的一个。对于老实的孩子，朋友里淘气的家伙对于他也自然而然的是别一种口气。

阿铁：“幸哥，这多谢了！这家伙好得很哪，是丰国的画呀！[12]老又，这威势多棒啊。”

阿又：“唔，这个源之助[13]画的真好！我们那里是，大家都是，捧源之助的，什么送给公馆去，送到上方去的，那个，

---

[9] 高丽屋等都是指当时歌舞伎的有名演员。出口氏注引山中翁说云，高丽屋当是说第五代的松本幸四郎，其余为第二代坂东三津五郎与第五代岩井半四郎。

[10] 这是日本旧剧里演员的一种动作，很有神气的表示，最能博得看客的喜欢。

[11] 俗语称善于啼哭的小孩曰哭虫。出口氏引方言别有解释，但难能说得恰好，故不取新说。

[12] 丰国是画家的名字，姓歌川，为歌川派浮世绘师有名之一人，所画俳优像最有名。

[13] 三田村氏本云，源之助疑即第四代宗十郎，但出口氏本引山中说，云系第二代高助的改名。

都只单买了源之助的画送去的。”

阿吉：“哼，多脏呀！你说起话来，总是把唾沫喷到人脸上，这是不行啊。”

阿又：“请你原谅吧！可你不也是聤耳臭得很么？”

阿吉：“那是病嘛，不久就会好的。倒是你鼻孔底下是那么通红的！”

阿又：“嗳，这也是虫的毛病嘛！[14]我可不像你那么样舔鼻屎哩。”

阿吉：“嗳，我也不像你那么样吃指甲呀！”

阿幸：“吉哥和又哥都不是吵架呀。大家来切一下指头，[15]来和解了吧！”

二人：“嗳！”

阿又：“喂，你伸出来吧！”

阿吉：“你先伸出来呀！”

阿幸：“从此以后大家要好，来取一下油保单[16]吧。——

---

[14]“虫”，可解作蛔虫，但在通用意义中不如更作广义解释，即是所谓“虫气”，如小儿消化不良，身体瘦弱，少睡易怒，也说是“虫”，并不一定真有蛔虫。

[15]“切指头”是小孩誓约时的一种仪式，普通各出小指，互相钩着，表示和解。

[16]“油保单”也是誓约的仪式，比较更为庄重，这大概是从大人们在保单上盖印那事情上看来的吧，用手指沾取头发上的油，再去印在柱子上面。

喉头一个大字，父母头上三株松树！呼，呼，呼！”[17]

阿胜：“喂，龟哥，给你这本书，也叫我当一个演员吧。”拿了一本绣像的合卷[18]给他，表示联络。

顽童首领阿龟：“唔，多谢，那么你入伙吧。后来，你充当什么呀？随后要演仁木弹正出现这一幕，幸哥扮作团十郎的男之助，从板廊底下出来，你那时就装做老鼠，衔着卷子钻出来吧。”[19]

阿胜：“我不干！那么，是要给幸哥用折扇打的。我不干，我不干！只是爬了出来，在头上打上一下子，那就什么威势都没有嘛！”

---

[17] 据出口氏注，这些都是誓约的话，亦作“喉头一个十字”，大概是说如果违反誓言，不得好死吧。“头上三株松树”，意思也是说死亡，不过词连父母，更显得严重了。三田村氏注云，立油保单时，拔取头发，呼，呼，呼的吹散。那么三根头发可能即是代表松树，与这里吹散的记载也正相合。

[18] 日本在十八世纪时，绣像小说大为发达。前期的有赤本（红皮书），黑本，青本各种，都是“连环图画”的性质，每册不过五至十叶，后期的页叶加多，仿佛是好几册的合订本，所以称为合卷，内容也变成文字为主，图画为辅了。

[19] 这里说的是旧剧《伽罗先代萩》里的故事，奥州藩主伊达家的奸臣原田甲斐，仁木弹正等阴谋除灭嗣君鹤喜代，忠臣外记左卫门与男之助联合乳母政冈，竭力斗争，终乃得胜。仁木有法术，第五幕中政冈把忠臣们的连名状落在地上，两把刀立即变成老鼠，将纸卷衔走，经男之助把老鼠踏住，抢了回来。舞台上显出伊达官邸七尺高的正厅，空着的板廊底下男之助屹立着，踏住了衔着连名状的大鼠，手中高举起铁折扇来，瞪了眼显示威势，是有名的一个场面。团十郎据出口氏注云是第六代，在当时很有名，这里是说阿幸要学做团十郎所扮的那男之助。

阿龟：“那么，那个，你在被幸哥踏着的时候，你来瞪着眼睛，亮一下子相吧。”

阿幸：“我可不干！这么着，便是老鼠要比我男之助更强了！”

阿胜：“我也是不干！我当老鼠瞪着亮相，那么幸哥要痛打我的头罢。”

阿龟：“既然如此，后来再说吧。——喂，大家进去吧！啊略亮龙头，啊略亮，亮亮亮亮！——”

在浴池里边，嘴里含了热水，四面乱喷，或是用手敲打，用热水互相浇头，闹得很厉害。

伙计：“呔，不安静一点么！这班小孩子真会吵闹呀！武部源藏先生[20]手下的学生都是顽童嘛。喂，你们不安静一点么！”

甲：“啊，伙计生气了！”

乙：“大家都注意：无言！”[21]

---

[20] 武部源藏是旧剧《菅原传授手习鉴》里的一个人物，他受了菅原道真的书法秘传，感激师恩，开设书塾，保护着菅原的儿子，竭尽困难，终达目的。这里只是把他当作塾师的代表而已。

[21] 古时书塾中规则，在一定时间习字，点着几根线香，大家不准说话，这时间称为“无言”。

丙："竹鹤龟松君，学习！"[22]

丁："千万亿二郎君，学习！"

伙计："还是闹么！"

戊："你瞧！这都是你呀！"

己："什么？是你起头的。"

庚："不是我！那是那个孩子呀。"

辛："明天还得要被扣留的吧，我给告诉老师去。"

壬："羞！"[23]

辛："唔，好脸子！"

壬："羞！"

一三　醉汉的入浴

倒醉汉摇摇摆摆的走着，直着眼睛，装出气烘烘的神气，像是过路人，随后走了进来。

醉汉："这，这，这个伙伙计，在么？啊，在么，不在么？"

伙计："喳，是在这儿。"

---

[22] 在私塾中有称为班长的人，看见有学生偷懒的时候，便高呼"学习"，使他注意。这班长大抵由高级学生充当，但也有以师傅的妻女担任此职的。

[23] 参看上文注[5]。小孩做"摊眼"的时候，发声云："呗！"今意译为"羞"。

醉汉："宾，宾头卢的小工[24]似的，拿，拿大鼎，[25]干，干么，高高的在那儿呢！哗哈哈，哈哈！"一面装出可怕的脸，时常吐出舌头来，大声的笑。——"你大概是澡堂子的伙计了吧？"

伙计："正是。"

醉汉："没，没有错么，伙计？名字叫什么？名字是叫伙计么？是伙计三津五郎么？[26]我，我看过去可是有六个，那么是伙计六身五郎吧！——洗澡几何钱？十文么？"拿出钱袋来，看着钱柜上头所贴的纸条："什么？奴四文吗？唔，奴是四文，和尚多少呢？汉子十文，奴如果是四文，那么和尚可不是白洗么？[27]嗳，伙计，怎样，对不对？"

伙计笑着："嘿，嘿，嘿！这不是说奴四文。这乃是米糠

---

[24] 宾头卢尊者见前编卷上注［20］。澡堂伙计像宾头卢似的高坐门内，又好像是给尊者做小工的，坐一天拿多少工钱。

[25] 原语是说屋顶鳌鱼（鸱吻）似的倒竖着，摆着架子。

[26] 坂东三津五郎见上文注［9］。"伙计"原文云"番头"，音与"坂东"相近，这里意取双关，但译文上无法来保存了。

[27] 奴本是奴仆，在德川时代是一种公役，执持仪仗，仪容特殊，普通称为"拨鬓镰须"，因此有"奴头"之称，亦简称为奴，如这里所说。旧时日本男子均剃去头顶前部的头发，留存左右两鬓及后部部分，并梳为丁字髻。"奴头"剃去部分特多，两鬓余留成为"拨"形，即是弹琵琶三弦的拨，留须形如镰刀，故有此称。"奴是四文"即是说的"奴头"，和尚头都剃光，当然应该不要钱了，普通人则是十文。"汉子"原文云"野郎"。

四文。”[28]

醉汉：“唔，什么，米糠四文么？唔，唔，这个奴字用力的写，便读作奴了。[29]如果是米糠，那么写得像糠字，叫大家都懂得那样写吧！这奴字往上写去，可以读作细鬓奴，往下来便是剃下奴了。[30]伙计，你不知道么？”

伙计：“是，我全不知道。”

醉汉：“你不知道，就饶了你吧。——那个糠，连袋是四文么？”

伙计：“不，单是糠四文钱。”

醉汉：“哼，糠钱么？”

伙计：“是。”

醉汉：“哼，那么——呃！（打饱嗝，）去叫喊着说，糠钱伙计钱四文，走着卖岂不好么。哗哈哈，哈哈！”笑着回顾四面的情形。“什么，那是药的广告么？”

伙计：“喳，那正是的。”

醉汉：“种种的方法弄钱呀。”

---

[28] 日本旧时用米糠盛布袋中，浸汁用以洗濯身体，盖是古代中国用澡豆遗意。

[29] 日本语糠曰奴加，草书字母便使用这两个汉字，只是普通奴字末笔不很用力，不写作一捺罢了。

[30] “奴头”的特点是“拨鬓”，这又可以有两种格式，甲种是拨尖上端特别细，乙种是尖端剃平，分别各有名称。醉汉这里牵连到写字上去，只是游戏说法，别无什么意义。

伙计："是。"

醉汉："单靠澡堂不够浇裹么？"

伙计："是，受各方面委托销售，没有办法给他们代销的。嘿，嘿，嘿！"

醉汉："哼，冻瘃手不拉膏？伙计。"

伙计："嗳。"

醉汉："为什么冻瘃手不拉？"

伙计："嗳。嘿，嘿，嘿！"

醉汉："不呀！脚上有了冻瘃，不好走路，那么叫人拉了手，岂不好么？但是，在手上有了冻瘃的时候，脚是不拉的，那倒是不错的。痛得一脚都走不动的事情，可能会有，手不能拉的事情未必有吧，对不对？但是，有么？伙计，为，为什么是冻瘃手不拉膏呀？"

伙计："嗳，这是说贴上去，手还没有拿开[31]就会好了，只是这个意思。"

醉汉："嗨，真是弄不清楚的伙计。手不拉的事情哪里会有呢？——啊，这边是风流，八人丸不是的，那个，是八人汤

[31] 这"手不拉膏"的名字很不好译，因为原文"引"字可以有两种意义，其一是拉，其二是缩回。原来用的是第二义，如伙计所说，贴上膏药去，手没有缩回，冻瘃就好了，醉汉却是用第一义，所以说得纠缠不清了。

呢，还是八人散呀？”

伙计：“嗳，那是八人艺。”

醉汉：“哼，艺么？呀，那是不知道的药呀！说什么风流，那么是风邪药吧。”

伙计：“不，这叫作八人艺，是一个人表演八个人的艺技的。”[32]

醉汉：“啊，你卖的奇妙的东西呀。要卖多少钱？”

伙计：“不，这不是出卖的物事。也还不是看的，这乃是听的东西。”

醉汉：“啊，正因为有效，[33]所以是好呀。”

伙计：“大概是六十四文吧。”

醉汉：“啊，便宜得很，一个人算是八文。比澡堂的钱还要便宜嘛。吃了这药，演起八人艺来，一个人八文，八八共计六十四文，洗澡的时候只要付给一个人份十文钱。结算下来，每回有五十四文的赢余。因为如此，所以请等一下子。喂，伙计，这虽然不是出卖的物事，至少不能卖给我一半么？”

---

[32] 八人艺系一个瞎子独演，坐在帐子里边，演奏八样乐器。上冠风流二字作形容，本系连贯音读，醉汉却分开训读，散作风是流散了，所以解说为风邪的药品了。

[33] 日本语“听”字因了听命听从的意味，又转训为有效，虽然普通写作“利”字。这里对话也利用这同音的关系，发生一段纠纷。

伙计：“啊，你完全听错了。那叫作八人艺，是个人哪。”

醉汉：“是人，那是知道的。”

伙计：“不，这不是在这里做的，乃是在别的地方做给你听。”

醉汉：“是嘛，因为有效，所以要买啊。无效的药有什么用呢？”

伙计：“不呀，那是演技的瞎子呀。”

醉汉：“嗨！这个伙计真是怎么说了也不会懂的家伙。唉，醉了！呃！（打嗝，）唉，真是麻烦透了的人。”又皱着眉头，四面张望着。“那个，那边是什么呀？呀，写的有点认不得。我认不得，那么谁也不会认得的了。伙计，那个，那，那是什么呀？”

伙计：“嗳，那是读作戏读谈[34]的。”

醉汉：“唔，是解毒丸么？”

伙计：“不，那就是落语呀。”[35]

醉汉：“唔，唔，出卖种种的东西，生意真做得广呀！所

[34] 戏读谈即是落语的别称，当时讲战事的小说称为军谈，所以模仿着这样的说。也可能是本书著者故意造作，引起解毒丸的误解的吧。

[35] 落语是说书的一种，从笑话演变出来，往往形容两人的对话行动，只由一人任之，与中国相声不同，差不多可以说是一种滑稽短剧。每篇末尾多说出着落，所以昔时称为训读的落咄，近世乃转变为音读的落语了。

以上那么高的地方去坐着的嘛！哈哈。——那个那个，那药是第一了！这是说不出的妙药。呃！（打嗝，）伙计，呃！（打嗝，）唉，醉了醉了。——那个物事，叫作夜巴伊的药，无论怎么样是非卖不可的。这回就是说不卖，也还要买。”

伙计：“那是什么？”

醉汉：“那，那个，那个物事，那夜巴伊的药呀！”

伙计：“嗳，那个么？哈哈哈，哈哈！那个呀，您知道，乃是夜巴利的药啊！”[36]

醉汉：“夜巴利是什么？”

伙计：“这是医小孩溺床的药呀。哈哈哈！”

醉汉将广告重念一遍，也哈哈大笑。“这里给你十二文，连米糠也算在里边吧。还有手巾，要新的借给我一条。洗一个澡去醒醒醉吧。阿唷嗨！[37]这个，伙计，我的草履不论是长刀也好，长枪也好，[38]给人错穿可是不行的啊！如果穿错了，那么我要拿一双皮底的[39]作赔偿的。伙计，你用心看着。”说

[36] 夜巴伊音云夜爬，系指男子夜中爬到有约会的妇女那里去。夜巴利则意云夜溺，即是说小孩在睡眠中遗溺的事。

[37] “阿唷嗨”此处指醉汉将上楼去，表示用力的感叹词。

[38] 草履穿久，一边磨薄，有如刀口，故名。长枪只是与长刀相配搭，别无意义。

[39] 草履底下垫皮，以防濡湿，原文只云“有底的”，今从意译。

罢，要向楼梯那边走去。

伙计："嗳，喂喂！楼上是人家包了的，请你到底下来吧。"

醉汉："伙计，你老是说什么话。到处都是在楼上脱衣服，说是包了，是怎么的？一年三百六十天，昼夜十二时间，饭也不吃，茶也不喝，家里的事也不办，包了这楼房，老洗着澡，这样的人哪里有呢？如果是有的，那么叫他到这里来！我来对付他。假如有包租的家伙，那便是居心不良的人，我来说明利害给他听。"

伙计："不呀，说是包租，乃是衣柜[40]都给店铺的爷们租去了，没有脱衣服的地方。你倒真是不懂得情理，应付起来很麻烦的人啊。"

醉汉："伙计，什么，我倒真是不懂得情理，应付起来很麻烦的汉子？"

伙计："可不是！那是那些店铺的……"

醉汉："不呀，店铺也好，柿脯也好，我的衣服我自己来脱，我的肾囊自己捏着，我自己洗澡，那都是我的自由。澡汤是你那边的物事，钱是我自己的物事，所以洗了澡之后，如果那包租的人有什么闲话，我等身上的汤气都凉了再回去，那时

[40] 衣柜指壁橱上方格，备浴客安放衣物，有门可关闭。

候你把洗澡钱也归还我好了。什么，这样懂得情理的事再也没有了吧。——什，什么！在那里的家伙看了我在笑。这人岂有此理！有什么可笑？呔，到这里来，我来对付你！你，不滚下来么！”

一四 醉汉续前以及雨伞店六郎兵卫的出丧

楼上的伙计[41]看不过去，从楼梯上面来劝说：“喂喂！请到这上边来吧。”

醉汉仰起头来看：“什么？你是什么人？现出真形来吧！”

楼上伙计：“嗳，我是管这楼上的人。”

醉汉：“唔，管楼上的么？”

楼上伙计：“是的。”

醉汉：“是还没有修炼成大伙计的么？[42]好吧，好吧。这么的样，我就算了吧。喂，伙计，像楼下的汉子那么不懂事的人是再也没有的了。”走上楼来。楼上的衣柜都是包租的，门上都贴着纸，上边写着各家的记号。醉汉向四面望了一下：

[41] 据出口氏注，楼上的伙计由伙计中资格最老者任之。

[42] 这纯是语言的游戏。伙计自称是管楼上的人，即是“番人”（轮番值班的意思），而大伙计则云“番头”，仿佛是头领的地位，所以这里如此说，虽然事实相反，如上面的注里所说。

"喂，伙计，你喝的是什么呀？"

楼上伙计："嗳，是香煎[43]。"

醉汉："哼，不是八人艺么？"

楼上伙计："不，不是那么样的东西。"

醉汉："这要钱么？"

楼上伙计："不，这不是出卖的东西。我因为不喜欢喝茶，所以吃着这个。这是我一个人所吃的物事。"

醉汉："唔，那么这就了解了。——分给我一杯喝吧！"喝了一口。"呃！（饱嗝，）嗳，这醒酒是很好的。"

楼上伙计："是。"

醉汉："是不要钱吧？"

楼上伙计："是。"

醉汉："那么，再给我一杯吧。"

楼上伙计："是，是。"

醉汉再喝："嗳！好得很！伙计。"

楼上伙计："是。嘿，嘿，嘿。"

醉汉："这醒酒是很好的，伙计！"

---

[43] 香煎是旧时中国式的一种茶汤，用旱稻米炒焦，加入陈皮小茴香等香料，共磨细末，冲开水喝用，用以代茶。

楼上伙计："是，是么？"

醉汉："哈哈，伙计，你在吃什么像是好吃的东西。那是什么呀？"

楼上伙计："因为太是无聊了，买了点什么，当作下午的点心来吃。"

醉汉："唔，下午的点心么？我倒也想点点心哩。哈哈，包在竹箬里的，咦，这个，伙计，当然是你买的吧，可是，这也分给我一点，怎么样？光是拿给人看着，那是不行的啊！"

楼上伙计："嗳，这是咬过了的，不干净呀。"

醉汉："什么，一点都没有妨碍。这叫作什么呀？"

楼上伙计："嗳，那个是叫作阿市的一种点心。"[44]

醉汉："唔，如果是阿市，那该是馒头吧。[45]啊，这就是

---

[44] 据出口氏注，阿市是粗点心的名字，参考下文，用竹箬包裹，四周有糖，颇似现代干点心里的"石衣"，日本语石与市读音近似，因此转变亦未可知。石衣制法系于豆沙馅中加糖稀及盐少许，搓团烤干，蘸蜜上撒砂糖即成，五十年前卖价十文三个，在著者当时大概每个不到半文钱吧。

[45] 三田村氏注云，天明六年（一七八六）年成歉收，近地妇女相率来江户，唱滑稽歌词，跳舞乞钱，有广大寺和尚一歌最为流行。广大寺在越后新保地方，有道乐和尚（道乐意云嗜好，放荡，因此恐系假托的名字），与寺前豆腐店的女人阿市有关系，发生纠纷。歌词云："新保广大寺，为了什么发了疯呀？为了阿毛的毛馒头才发了疯的。阿市这小家伙，舔一下子咸得很。"从这歌里也可以想象到，这点心是石衣的一类。

看了，也可以醒酒。”

楼上伙计：“喂，这么的用手去摸它，……”

醉汉：“为什么不行呢？你吃的东西，我去摸了，这反正于你无碍，用不着打招呼。那么倒还是把手舔过了，又去摸别个，再来舔它，那更好吧。喂，伙计，再给我来它一杯。”

楼上伙计：“是。”这回伙计勉勉强强的倒了一杯香煎，把点心的纸袋拉到一旁去。

醉汉舔着手指，一口口的喝茶：“摸了糖之后，再来舔手指头，又是特别的好，伙计。放在这茶汤里边的东西，就是这点心的碎末吧？”

楼上伙计：“不，不，这乃是香煎。”

醉汉：“哼，从哪里去要了来的呢？”

楼上伙计：“这个，您知道，是买了来的。”

醉汉：“哼，拿出钱去买的么？伙计，这醒酒真是很好的。”

楼上伙计：“是。”脸上皱着眉头。

醉汉：“再给一杯！如果麻烦，就把那开水壶和粉罐借给我，拿过这边来吧。好让我随意的喝。伙计，这醒酒是很好的。洗了澡之后来喝，也不要钱么？”

楼上伙计：“是。”

醉汉：“那么着，先去洗一下子，洗了澡之后再来喝吧。

好容易这总算是脱光了。伙计，那个，那像摔跤的人的灸疮似的，贴着纸的那些橱门是什么呀？”[46]

楼上伙计：“那是包租了的衣柜。那纸上写着的是各店铺的记号。”

醉汉：“哼，在那小小的衣柜里，有人钻在里边么？”

楼上伙计：“不，那是放衣服的橱子。”

醉汉：“我还以为，那包租的家伙就睡在这里面呢。这席子不是包租了的吧？”

楼上伙计：“对。”

醉汉：“唔，不要钱吧？”

楼上伙计：“是。”

醉汉：“那么好吧！呃（打饱嗝，）伙计，且去洗一个澡，再来喝吧。醒酒真是很好的。”摇摇摆摆的走下楼梯来。

金兵卫：“来了要不得的人。就是倒醉，也不能那么太过分的。对不起，伙计爷？——源四郎，那可不是个奇妙的家伙么？”

源四郎：“对呀。我一直从前就想从旁开口，可是想吵起架来不好，所以忍耐下来了。”

---

[46] 包租衣柜的门上都贴着各家的记号，大都是一张方纸，上面印就店家旧时符号，如山形下西字，键形（即曲尺）下山字之类，状如膏药，故云。

楼上伙计:“啊呀呀!真是意想不到的家伙!”

源四郎:“呀,听说雨伞店的六郎兵卫故去了。”

金兵卫:“啊呀,那是可悲伤的。”

源四郎:“金兵卫,你也要去吊的吧?”

金兵卫:“因为是很久的相识,所以也要跟着去吧。出丧是明天的什么时候呀?”

源四郎:“大概是四点[47]吧。寺很远哩。”

金兵卫:“啊,是哪一方面?”

源四郎:“听说从目黑的章鱼药师[48]走下去,还有十五六町的路呢。”

金兵卫:“那是很远很远。照平常的样子,说是四点,总要拖到四点半,或者到得九点,[49]但是这回因为远,或者早点出发吧。”

源四郎:“是吧。不过出丧不管远近,反正总是耗费一天的工夫。回来以后,什么事情也不能干嘛。”

金兵卫:“正是呀。而且,方向也不好呀!说不定送葬回

---

[47] 旧计时法四点即现今上午十时。

[48] 目黑成就院是密宗寺院,祀药师如来,通称章鱼药师,凡祈求的人须戒食章鱼,故名,医治疣子,脚上生茧及鸡脚,与眼病均有效验云。

[49] 旧法四点半即现今十一时,其次为九点即十二时。参看前编卷上注[68]。

来还要花费两天哩。”[50]

源四郎：“也会得有出事的人吧。”[51]

金兵卫：“六郎兵卫晚年很不差。儿子们都长得匀称，也都壮健，女儿们各各出嫁，连孙子也有五六个了。现在老了，[52]没有什么放不下的事情。那个人在年轻的时候辛苦过来，所以年老了过着快乐日子。现今的小伙子是老来要辛苦了。一生行为正是颠倒过来的。唉，是很久的相识了嘛！南无阿弥陀佛，啊啊，南无阿弥陀佛！”

源四郎：“那一班下蹩脚象棋[53]的人们，又像苍蝇似的聚集起来了。”

---

[50] 目黑地方与品川相近，在品川旧有妓院，所以说“方向不好”，因为到了目黑往往就走向品川去了。送丧本来只是一天的事，顺路去宿娼，便须要次日才得回去，所以弄得花费两天工夫了。

[51] 意思说因为送丧而去胡闹的人也会有吧，“出事”原本云“受伤”。

[52]“老了”原本云“往生”，即是说死了。日本语中有好些从民间信仰特别是佛教来的字面，很有意思，例如往生，即是从净土宗往生西方的话来的。又“死去”亦云“成佛”，因此祖先以及死人也均称为佛。

[53] 象棋系用中国名称，日本通称将棋，与中国象棋略相似，而着法不同。棋盘横直各九行，计共八十一格，棋子有王将，金将，银将，桂马，香车各二，与将士相马车相当，炮则改为飞车及角行各一，步兵各九，排列第三行中（棋子放在格中，不在交叉线上），是为本阵，中间三行则是战场云。王及金银均可出阵，没有限制，各子入敌阵，称为“成就”，有似“过河”，均增加能力，不似中国的以卒子为限。

一五　澡堂楼上的象棋

五六个人聚集一处，在下象棋。

太吉："咦，横街的宗桂[54]出马啦！又是想来输一回的吧。"

源四郎："什么，这个下屎棋的，太吉什么，先给他一点糖舔，他就真以为是得了胜了。"

太吉："喂，那么，以后就教训你一下吧。"

源四郎："去吃你的屎去呗！[55]我叫你要叫苦不迭哩。五个节头[56]你送多少钱呢？"从背后张望过去："怎么的，这之后怎样了？哈哈，弄坏了嘛！要输了。照以前的情形，正是一盘赢的象棋呀。一会儿不看着，就成了那么样了。"

先藏："这样也行。我来赢给你看吧。"

---

[54] 大桥宗桂系德川初期的江户医师，在明万历年间来中国留学，精于象棋（日本称小将棋），为大桥派第一代宗师，至明治末年止，共传十二代云。据三田村氏说，在著者当时，民间象棋爱好者互以宗桂相称，亦或使用同音异义的字。

[55] "吃屎去"犹云"放屁"，江户语可吃（kunbei）与军配（gunpai）音近，故双关的连下去说"军配团扇"——旧时将帅指挥军事用的"掌扇"，此种语言上的游戏，不易翻译，只好从略，但在可能的时候，改用意译，以见一斑。

[56] 日本旧俗除新年外，一年中有五个节，即正月七日（旧称人日），三月三的上巳，五月五的端阳，七月七的乞巧，九月九的重阳，均举行宴会馈赠庆贺。中国旧时习惯一年分为清明，端午，中秋，除夕四节，商店结账，私塾束脩亦按节交付。这里即是指此项报酬，意云将严厉地与以教训，因此一年中的学费亦不可少。

后兵卫：“刚才把飞车和角行两个都丢了，所以正弄得没有办法哩。漂亮话也说不出来了。”

先藏：“单靠飞车和角行，是下不成象棋的。我是要取王将哩。喂，将呀！”

后兵卫：“那么，就是连马！[57]喂，且来等一下子！”

先藏：“真是臭棋啊！”[58]

后兵卫：“银将可惜。这里用了桂马，那边将了，将了！”

先藏：“真讨厌！也还是用了银将倒好了。”

后兵卫：“哼哼，妙手下棋嘛！喂，逃吧，逃吧！好么，好么？已经逃了。那么给他怎么下好呢？那么，再把角将顶上一格去吧。”[59]

先藏：“您把角将顶上一格去么？呀，您把角将顶上一格去么？那么，就那样下。用了那个来吃呢？这样地来，那么地去，若是退走了，从屁股后边吧嗒的给一下子。总之且试了看吧。”

---

[57] 连马见前编卷上注［162］。

[58] 下棋规则，凡棋子移动，在将手拿开的时候，即算是决定，不得翻悔。后兵卫说等一下子，即是想要改着，所以被说为臭棋。

[59]“角”本来只是斜行，这里说顶上一格，乃是直行了。出口氏本注引山中翁说，此乃是过了河就是“成就”的角，所以除旧有的行动之外，又添了一种能力，即是上下左右均可直行一格。

后兵卫：“哈哈，干出好玩的事来了！用飞车来将，滑脱了的时候，就来吃银将的打算吧。”

先藏：“什么，飞车也不要呀！”

源四郎：“这些人的象棋，不想去围老将，只是觉得飞车和角将可惜哩！喂，不要老捏着棋子，尽量地着下去呀。”

先藏：“你看着别则声呀！非汝辈之所知也嘛。——喂喂，快点下吧！拙手思索，有似休息。”[60]

后兵卫：“什么，略为一子下得好点，就说漂亮话么。拙手思索，有似休息，呗！”（模仿他的说话。）“咦，这个计策倒是极妙哩。喂，来吧！”

先藏：“呀，吃吧，吃吧！”

后兵卫：“不，着吧着吧，先着来吧。”

先藏：“吃了来吧，吃了来吧！好的，好的。喂，将呀！啊，逃了逃了。桃子树上的大木瓜。[61]咦，桃子树上的大木瓜！怎么办好呀？用这个去么，用那个去么？那么先这样去吧。呀，痛快痛快。桃子树上的大木瓜。将呀！喂，怎么样？”

---

[60] 这是一句成语，说拙手无论怎么思索，总不能想出什么好方法来。

[61] 原文意云“井阑里的横木瓜”，本系指古代某氏的族徽，画作木瓜横放井字阑中，因“逃了”（nigeta）与“井阑”（igeta）音近，今取中国“逃之夭夭”的例，加以改译。

后兵卫：“啊，冬瓜外加牡丹花么？[62]这样子退下来。从脑袋上头吧嗒的一下子！”

先藏：“啊，南无阿弥陀佛了。”

太吉：“还有呢，还有吧！角将退下来，丢掉好了。”

后兵卫：“这样也还是不行嘛。”

太吉：“什么，行啊！退下来，丢掉了吧！”

先藏：“嗳，吵闹得很！肃静，肃静！[63]五个人来对付一个嘛。要用了大家的聪明，来打败我一个人么，可怜呀可怜。——丢掉了么？喂，又是将！”

太吉：“喂，这是抢，这是抢了！”

先藏：“唉，完了！那地方有桂马，我全不知道。这里又不好说你且等一下子的嘛。”

后兵卫：“那么你手里是——”

先藏：“手里是多得很，[64]王三个，飞车角六个。”

---

[62] 此句承上文“痛快”而来，今改写为冬瓜。

[63] “肃静”，原文云“东西”，系角力场中开始时高呼警众，令勿喧扰的成语，后来移用于他处。本来角力的力士对垒，系代表东西两面，这里的高呼太抵只叫两方的人注意，肃静的意思虽不明说，也就含在这里边了。

[64] 问手里如何，当是计算盘上的棋子，以便决定是否可“和”，因为象棋规定，和棋须各有子几何这才合式。“手里是多得很”，据出口氏注云，此语似含有什么别的意味，但未能洋。

后兵卫：“别说玩话了！”

先藏：“手里说是多得很，可是想悔（香桂）也都来不及，金阁（角）寺的和尚。”[65]

后兵卫：“有银么？”

先藏：“银有的是一步或两步。”[66]

源四郎：“怎么样交出去了么？”

后兵卫：“丢掉的很干净。棋子全不要。”

先藏：“哼，那么单用棋盘来着好吧。不怕得输，树上边滑下了胡狲来。[67]用心的打，别让老将陷敌[68]吧。叫兵过了河去看。”

后兵卫：“那么，姑娘们先来领受了这金吧！”[69]

---

[65] 原语“香桂”即指香车桂马，这里取其与“后悔”音近双关。“金角”系指金将与角行，取其与金阁寺谐音，连带的说了下去。金阁寺在日本西京，是有名的佛寺，十四世纪时所造，以壮丽胜。

[66] 日本旧时银一两分作四分，各值二钱五分，称是一步。这里当然是双关的兼说银将。

[67] 译文从“输”字连系到“树”上来，乃是改译。

[68] 原文用象棋的术语“入王”，是在中国象棋里所没有的。成了这个局面的时候，不但胜负一时不易解决，看了也没有多少意思。讽刺诗川柳中常用作资料，如其一云，听说入王了，厨子把灶火退了，便是说酒饭要暂时缓开。又其二云，到了入王，看客嗡到围棋那边去，因为没有什么好看了。

[69] 意思是把金将来吃了去吧。原语“领授”与地名“冈崎”音近，双关的接下去，在冈崎地方多有妓女。

先藏："啊呀，可惜得很。成金[70]给吃去了么？那么，这盘象棋是陀佛了么？咦，那么这盘象棋是陀佛了。这样办吧！"

后兵卫："呀，等一下子！这就蹲在这里的么？那么就用这香车来吃这金将吧。这样你就逃不了了。"

先藏："怎么，怎么，干什么呀！两三转以前下的都变动过了，连这边的棋子都移动着，真是太费心了！一个人下两边的棋嘛。喂，请看那个样子。好像是在同少大人对下着的样子。那样行么？什么事情都遵照着佛爷所说的做去。这样像心随意的象棋，简直是名人[71]的派头嘛！还亏得说什么抢了俺家的皮褡裢了，那么来攻别人。"

后兵卫："很妙的攻过来了。等一会儿吧。这里是要思前呀想后了。[72]咦，这里是要思前呀想后了。被攻了过来，是有点非辟易[73]不可了。这倒是，有点儿要辟易了！咦，你攻

[70]"成金"也是象棋的术语之一，即是攻入敌地，已经"成就"了的棋子，因为在它原有能力之上兼有金将的作用，即上下左右，及上方两斜角，共有六方可以进出。因为原来的步兵一下子就变成金将同等的资格，后来便引申来说投机暴发的资本家，差不多比原语更是通行世间了。

[71]"名人"是日本围棋象棋家中间的最高地位和名称，技艺计分九等，自初段以至九段，至九段乃可得名人称号。

[72]出口氏注本，常用的一句俗语，当有出处，但未能详。

[73]"辟易"原本用古文汉语，因此不改为白话。

过来么？你们那么用力的逼迫，也正是本身的职务吧。”[74]

先藏：“职务这字也并没有两个呀。铮点！”[75]

源四郎：“啊，逃到那里去是很吃亏的。逃到那隔壁去，让他多花一着棋子好吧。”

先藏：“真会多嘴呀！”

太吉：“有一个妙着！——有了庙末也有大桥呀。”[76]

源四郎：“唔，哼，眼睛昏了，所以看不见哩。”

先藏：“闭了嘴死去吧！别说话！”

后兵卫：“并不是什么都不说的人啊！”[77]

先藏：“咦，并不是什么都不说的人啊！喂，哪里去？”

后兵卫：“这里逃。”

源四郎：“嗳，坏了，坏了！那么的逃是不行的。”

太吉：“喂，吧嗒一下子。”

---

[74] 出口氏注云，你们云云系旧剧《檀浦兜军记》中“琴责”一段内，阿古屋所说的话。剧中说景清谋刺源赖朝未遂，法官们捕景清所爱的妓女阿古屋加以讯问，备加逼迫，终无所得，后乃令用琴，三弦以及胡琴弹奏三曲，以证明所说不假云。

[75] 这一句出处同前。“铮点”则是说话的人在口中作三弦声，模仿戏台上的演奏。

[76] 原文“妙着”音与“永代”相近，永代桥系江户一条有名的桥，所以连下去说大桥，这也是别一桥名。

[77] 出口氏注云，此句系旧剧《春花五大力》中，萨摩源五兵卫所说的话。

先藏："嗳，杭育，走吧！"[78]

后兵卫："嗳，杭育，走吧！"

先藏："嗳，杭育，走吧！"

源四郎："喂，喂，这里你疏忽了！"

先藏："呀，并不是什么都不说的人啊。"

后兵卫："咦，并不是什么的人啊，那么就吃了。"

太吉："行么，行么？"

先藏："那个，并不是什么都不说的人啊，请进茅厕里去吧！[79]臭得很，臭得很。"

后兵卫："真讨厌！终于落了茅厕了。"

先藏："呀，太不中用，太不中用！"

源四郎："好吧，好吧，我来给报仇。"

太吉："我来吧！"

源四郎："嗳，你且等一下子。"

先藏[80]："又是蹩脚角色，不管金银都当不得对手。呃哼，

---

[78] 依据出口氏注云系牵引重物时呼唤的话，今意译如此。

[79] 逼迫敌将到了棋盘的角落，俗语称为进茅厕。在中国象棋上，没有这种类似的办法。

[80] 原本此处不举出人名，只作为别一个人的说话，今查照前后情节，姑且分给先藏吧。

呃哼！”[81]

一六　母亲来叫太吉

五十多岁的老奶奶从家里来找她的儿子，从门口就说话道：“我们家的太吉在干些什么呀？”说着就走上楼梯来，发话道：“喂，太吉，这个宝贝是在干些什么呀！阿爹事情没有做完，现在刚要到店里去，正在等着你回去哩。先头一直伸长了脖子，想着就回来了吧，就回来了吧，一再等候着也不回来。我生怕阿爹会得要发急起来，心里老是惊慌着，真是真是太不会体谅人了。好不阔气，吃过饭一放下饭碗，立刻说是洗澡去也，拿了手巾想往外走。试想现今几岁了！廿三廿四，年纪老是长着，还是尽要我忙着照管。要是照平常来说，正当娶了妻子，给父母过好日子的时候了呀。你看看世间别的大爷们好了。像你那个样子，昏都都的游玩着的人一个也没有。懒惰的家伙照例谁也想不出什么好的事情来。我看也不想看见，如果有本领，去做到下象棋也有饭吃，那倒也好了，像你那么容易厌倦的人，一会儿就厌了，什么事情都没有一件做得好的。要是你悔恨的话，去把头撞那石墙上，死了完结也好吧。你这样

[81]“呃哼”原系咳嗽的声音，不过这里乃是冷声咳嗽，含有嘲弄的意味。

的人，就是死掉了父母也不会得哭的。”这一句话是从怀念儿子的父母的心里出来的强硬意见，可是其中自然的包含着慈爱之情。——“不呀，现在是，对于大家虽然很是吵闹，我要说再也没有什么觉得怜惜了。真是真是没有办法的懒惰家伙，可恨的不得了。托了你的福，我老是挨着阿爹的骂。我是暗的明的都顾到，在阿爹面前给敷衍过去，可是那么也还是常常失败。人这东西，总之在哪里有一丁点儿可取的地方，就只是这个人，连鸬鹚的毫毛[82]触一下子的地方也都没有。据说什么和父母不像的儿子叫作鬼儿子，[83]阿爹是嫌恶一切歪曲的事情的人，生了这么样的一个儿子，我真是对于世人觉得没有脸呀！在你们面前说这话，虽然是不大好，总之是因为朋友不好的缘故呀！好好的在家内干着事，总是来要把他勾引出去。”不觉得自己儿子的不好，老是怨恨别家的儿子，这是愚痴无知的母亲的常情，反而容易把儿子引入恶道去。凡为母亲的，对于这

---

[82] 据出口氏注，原文“鹈”训作“鸬鹚”，是捕鱼的水鸟，它的羽毛没有什么特别的地方，这里乃是借用同音的关系应读作“兔”的略训，因为兔毛极细，即是说一丁点儿。

[83] 鬼儿子的意义一是性情或容貌凶恶如鬼的小儿，二是鬼所生的。日本旧说不像父母的是鬼儿子，大抵是第二义吧。又小儿生下来就生了牙齿的也有此称。古时往往即遭杀害，不肯留养。

类的事情，须要好好的警戒。[84]“有四五天蹲在家里，啊呀啊呀，刚才觉得有点放心，又是跑进跑出，真是一会儿都不得安定。啊呀，真是命根子都要缩短了。喂，喂，回去了，回去了！这算是什么一回事呢。”

太吉：“现在就回去。”

奶奶：“不是什么现在就回去。叫你立刻回去呀！”说了，下楼梯去了。

源四郎：“太吉这家伙，给奶奶露了底了！要是你悔恨的话，去把头撞那石墙上，死了完结也好吧。你这样的人，就是死掉了父母也不会得哭的。”（模仿人家说话。）

太吉：“死了的话，第一个跑来哭吧。”说这种狡猾的话，也正是被纵容惯了的余毒的表示。

甲：（同样的模仿说话，）“总之是因为朋友不好的缘故呀！”

源四郎：“喳，正是如是嘛。——请您给点儿吧！”[85]

楼上伙计：“喂，喂，太吉，请你回去吧。不要违背父母的说话。不孝父母，老来又要遇着自己儿子的不孝的。”

大家：“喂，回去吧，回去吧。”

---

[84] 旧式小说未脱说书时代的习气，作者常在书中露面，对读者说话，发表他的意见，即其一例。

[85] 据出口氏注云，此系女乞丐求乞之词。用在此处的意义未能详知。

太吉："嗳，洗澡没有热透，有点儿冷了。——澡堂里边发出什么奇妙的声音来了！"

源四郎："真是的。"

楼上伙计："那是瞎子和尚[86]们来了，所以大概是在唱仙台净琉璃[87]吧。"

一七　瞎子唱仙台弹词

五个同来的瞎子，其中两个人在澡堂里演唱仙台净琉璃弹词。

---

[86] 日本旧时瞎子多习音曲，随其技艺高下，定有禄位，最低为座头，后来便相沿成为瞎子的通称，以上是勾当及检校两级。瞎子照例都剃发，形似和尚，故有此瞎子和尚之称，虽然他们过的全是俗人生活。

[87] 净琉璃系日本旧式音曲的通称，略似弹词，最初只用折扇作拍子，后来改用三弦及琵琶，有各种流派，近代有竹本义太夫加以改革，最为有名，此派演艺现今即袭用义太夫的名字，等于说净琉璃。净琉璃本系弹词中女主人公的名字，原名《净琉璃十二段故事》，为十六世纪中作品，叙英雄源义经少时从京都往奥州（后来的仙台），去投奔藤原秀衡，中途在三河地方寄宿一大家，与其女净琉璃姬相识，后来在东海道上经过好些患难，走到奥州。义经年少英勇，与兄赖朝共报父仇，打倒平氏军阀，大有功劳，却为赖朝所嫉，终被秀衡的儿子谋害，在日本民间最被爱尊，可以说是英雄的代表。《净琉璃故事》写得虽是古拙拖沓，但它却成为弹词的代表名称，大概又因源义经一生始末都在奥州，所以奥净琉璃一派也就很是有名，虽然现今在日本通行的乃是竹本一派，即是上文所说的义太夫。净琉璃只唱不演，所以近于弹词，但中间曾配合牵线木偶演出过，有名的近松作品都为此而作，演唱的便是这竹本一帮了。

甲：“在这个当儿，这里又是，九郎判官[88]义经老爷，向着八岛，开拔下去了！（拉长。）却说，那天的装扮是，上边披着红地刺绣的直垂，[89]底下披着蓝色的，芦花[90]的福袍。（拉长。）跟随着的人士是，龟井片冈，伊势骏河，西塔的武藏和尚，[91]他们都跟随着，像是泥水从屁股上流下来[92]的样子，开拔下去。（拉长。）明天又开拔下去！（拉长。）后天还开拔下去！（拉长。）乱七八糟的开拔下去。

却说，那位大将，因为是走长路，也疲倦极了。怎么样，辨庆呀，我来出谜面，[93]你不想猜猜看么？这么的吩咐了的话，辨庆道，是大将的吩咐嘛，来猜猜看吧。那么就来出谜面吧！

---

[88] 出口氏注云，义经于寿永三年（一一八四）中任命为左卫门少尉，补授检非违使，称为判官。

[89] 直垂原名如此，是古时武人的礼服，斜领大袖，上衣下裳，福袍是衬在这里面的。

[90] 出口氏注云，未有棉花（草棉）以前，人民均用芦苇的花絮作棉衣。

[91] 即下文所说的辨庆，是小说戏曲中最被喜爱的英雄之一，近似中国故事里的李逵和牛皋。他本来是京都比睿山寺的一个恶僧，住在西塔，通称武藏坊（今本文中用意译），与源义经斗不胜，乃给他当了从卒，虽然他要比义经年长几及三十岁。及义经在衣川地方被袭杀，辨庆亦力战而死。

[92] 出口氏注引山中翁说，农夫在水田里劳作，半身浸在水里，站起来的时候，泥水跟着流下来，这里借以形容众人跟随的样子吧。

[93] 日本猜谜分作三段，一是提出谜面，二是解释谜底，三是说明理由，这叫作“心”。义经主从在出征途上猜谜，说得情状和小孩们一样，很是诙谐。

且道一个香瓜，这作怎么解释呢？这么的吩咐了，辨庆便把头歪过来一点，想起来了！（拉长。）慢慢的想着了，这是容易懂得很，且说谜面是香瓜，那么谜底乃是田原藤太秀乡[94]吧。理由是什么呢？这是说不剥皮没有办法。[95]大将全然折服了，这样看来，辨庆真又是日本第一的猜谜的名人呀！大家欢欢喜喜的，高高兴兴的到了八岛的岸边了。且说，了不得的很大的战斗就发生了。

那时，西塔的武藏和尚辨庆，挥动着刀柄也长四尺，刀身也长四尺，总共八尺的长刀，在旁边的那些鼻子便都有点危险了！你呀，长刀从哪地方钻出来？从荷包儿里钻了出来。你呀，到这儿来，把头砍了呗！他这样的说着，平家的军兵道，啊呀，辨庆生了气了！于是在肚脐底下念着桑原桑原，[96]在头

---

[94]“田原”系改译，原作“俵”字，与田原音读一样，训读则为装米的草包，但中国此字只作分配解，且很少见，所以改写了。藤太系俗称，秀乡则是正名，这里两者并举。

[95]谜心的解说大抵多取字义的双关，这里也是如此。“不剥皮没有办法”是甲种说法，可以应用于香瓜上，说不去皮不好吃，但这又有乙种说法，“不剥皮”一语也可解作蜈蚣（mukadé），便是说蜈蚣弄他不过。蜈蚣双关“不剥”，日本狂言《连歌毗沙门》中有过，参看我所译的《日本狂言选》第二十三篇。日本传说中说，近江地方三上山中有大蜈蚣为害，为田原藤太所射死。

[96]日本旧说名臣菅原道真殁为雷神，故遇雷鸣，高呼桑原桑原，可免落雷，因菅原出于桑原一系云。又俗信雷公要取人肚脐，故此处云云，盖夏日小孩喜赤体行走，大人们用雷公恐吓，遂生此俗信的吧。

上边唱着万岁乐[97]四面乱窜。劈顶，切梨，切圆段，各样都来，有在头上被砍的，也有在臂膊上被砍的，可是受伤[98]倒并没有哩！（拉长。）这可受不了，军兵大众都把在那里四面的碎片拾起来补上，有的将下巴颏儿的碎片补在脚跟上，有的将脚跟的碎片补在下巴上。有的人在下巴上长了皴瘃，有的在脚跟上生了胡须，[99]辨庆四面奔跑，却有三尺长的蚯蚓的刺，[100]刺在他头上的后脑勺那里。这怎么办好呢？咦，用了老豆腐的黑烧[101]搽上去，据说是好的！（中略。[102]）圣代连续万万年，上下贵贱在一起，没有不是感动的！”

大家：（在澡堂里的一起说，）“好呀，好呀！”

---

[97] 出口氏注云，万岁乐系地震时所唱的咒文，头上唱万岁乐是说愿头上平安，不致被压云。

[98] 这里语意不明，大概是矛盾的说法，将平家将卒的杀伤仿佛说得很是轻微，引起下面一段很诙谐的叙述。

[99] 类似的叙述，在别种音曲如《平家物语》中也曾有过，参看《狂言选》第十九篇《工东》。

[100] 这也是诙谐的说法，蚯蚓既然没有刺，更没有三尺长的刺了。

[101] 原文云“胧月豆腐”，乃是一种特别制法的豆腐，将豆腐材料放入碗中，令其自然凝结，状如月亮。黑烧乃古方制药法，将药品火煅存性，但这里说豆腐的黑烧，也正是戏语了。

[102]“中略”二字，系原本如此，非译者所删节。

一八　瞎子与醉汉与豪杰[103]

有个瞎子自以为感觉敏捷，同亮眼人一样的，从澡堂里走了出来。感觉迟钝的瞎子像戏台上暗中决斗那模样，出来时几乎头同头都摩擦着。一个瞎子用小木桶盛了热水，两手推着在地板上滑走过来，和从澡堂里出来的瞎子两头相撞。

柿市[104]："啊唷，啊唷！"

栗市："啊唷，痛呀！同瞎人碰头，那真是亮眼瞎了！"

柿市："呀，这家伙，你那边碰了过来，却把我要说的话先说了去了。你这才真是亮眼瞎哩！"

栗市："啊呀，你才真是亮眼瞎哩！"

柿市："不，我乃是闭着眼的瞎子呀。"

栗市："不，我也是闭着眼的瞎子呀。"

柿市："还要学嘴学舌地说话么，欺侮人家是瞎子！"

栗市："怪气！这个声音好像是听见过的哩。"

柿市："唔，唔，的确，我好像也是听见过的。"歪了头想着。

---

[103] 豪杰系指江户市井间一种侠客似的人，大抵工人出身，性喜打抱不平，善于相骂，是所谓江户子的特性之一。

[104] 日本古时盲人多以"市"字为名，不知何所取义，亦或用同训的"都"字。日本狂言《工东》中有盲人名"菊一"，也正是"菊市"的别一写法。这里盲人名字，于柿市栗市之外，又有桃栗一名，出口氏注云，系戏取日本俗语"桃栗三年柿八年"，此系种植口诀，原是说各种果树，要经过若干年始能结实。

栗市：“啊啊，你不是柿市老板么？”

柿市：“正是，你也不就是栗市老板么？”

二人：“啊呀，这真是，这真是——”

柿市：“那以后，没有得见面。”

栗市：“别后，你身体都好么？”

柿市：“在桃栗勾当那里会见以来，正是三年了。”

栗市：“正是呀。要不是刚才疏忽，冲撞一下子，几乎就要当面错过了。你头不痛么？”

柿市：“不，不，一点没有什么。你的脑壳呢？”

栗市：“不，一点都不痛。可是两个座头彼此撞头，这叫作对头一双，[105]古老有这话的。”

二人：“哈哈哈，哈哈哈！”

柿市：“喂，柚市，你不是要给我舀热水的么？”

柚市：“刚才舀来，放在这里的。”

柿市：“这里并没有呀。”

柚市：“咦，怪气了。是刚刚舀了的嘛！果然没有。”又去舀了一桶来，放在旁边，以前的那个醉汉把那桶水偷偷的拿过

[105] 日本小孩弹扁圆的螺壳为戏，最初撒在桌上或地上，其有两个以上碰在一处，不便于弹者，称为对“纳蒲一挺”，均除去不用，以后再撒再弹。这里只是两人碰头，情状相似而已。

来，放在一旁，又去把这一桶也藏过了。[106]

柿市："还没有舀么？"

柚市："现在舀好在那里了。"

柿市："这里没有呀！"

柚市："又是没有么？这是奇了！是你用过了，却是说这样的话吧？"

柿市："你说什么呀？我用还没有用呢。咦，怪气！"

柚市："咦，怪气！"又去舀了一桶水来。醉汉还想去拿过来的时候，他的手被柿市紧紧地抓住了。

柿市："喂，且住，偷热水的家伙抓住了！"说着话时醉汉摔脱了手，恰巧柚市伸过手来，给柿市一把抓着了。

柿市："你是个坏东西，一直从前不知道用过了多少桶水了！"

柚市："喂，喂，这是我的手，我的手呀！"

柿市："什么，是柚市吗？"

柚市："是呀，是我嘛。我刚用这手舀了热水来的嘛！"

柿市："咦，怪气呀！"

柚市："咦，怪气呀！"这时候醉汉又把水桶藏过了。

---

[106] 旁人偷吃瞎子的酒，日本狂言《工东》中有类似的事。又十返舍一九著滑稽小说《东海道徒步旅行》三编中，也有一节，同这里醉汉的事都是采取狂言中的情节的。

柿市："舀来在哪里呢？"

柚市："喏，就在这里。——啊呀！"

柿市："喂，在哪里？"

柚市："啊呀，刚才舀了来的呢！咦，怪气呀！"

柿市："咦，怪气呀！"

醉汉笑着："喂，把这热水送给了你们吧。咦，有什么开玩笑的坏家伙在这里呢！喂喂，这都是新舀来的哩！"把以前的四五小桶的热水给了瞎子们。

柿市："嗳，嗳，这多谢得很。"

柚市："谢谢你了。可是，有开玩笑的坏家伙在这里呢！"他对于他自己舀来的热水道谢。

醉汉："坏家伙！哈哈哈，哈哈哈。——可是，你们的眼睛是怎么瞎的？"

柿市："嗳，因为疳病[107]呀。"

醉汉："哼，对啦。夏天晒晾衣服，所以没有三伏的虫，可是寒天的虫[108]是谁也不晒的嘛！"

---

[107] 疳是中国旧医书上的字，据云小儿食甘物，多生疳病。大抵与积食，或蛔虫有关，这里原文也说是"疳虫"。《正字通》云，有心肝脾肺肾五种，统称为五疳。

[108] 上文说"疳虫"，醉汉故意解作日本语同音的"寒虫"，与三伏的虫相对。日本于伏中晒晾衣服，俗语亦称为"晒虫"。

柿市："是么？"脸上显出莫名其妙的神气。

醉汉："不呀，寒天的虫是谁也不晒的。"

柿市："那是什么事呀？"

醉汉："说寒天的虫呀。"

柿市："不，我这是说五疳，是种种的疳的毛病。"

醉汉："哈哈，是毛病么？种种的借钱的毛病，反正只不过是五贯，也还不到一两银子，那么这真是所谓什么烂眼钱罢了。"[109]

柿市："咦，这错听到哪里去了！哈哈哈。"

醉汉："不，没有什么可笑的事。——喂，你那位座头，你也是为的借钱的毛病么？"

柚市："嗳，不，我乃是因为疮毒[110]。"

醉汉："说疮毒，那是什么呀？"

柚市："嗳，嘿嘿！"

醉汉："不，没有什么可笑的事。疮毒乡下掘芋头去么？"[111]

柚市认为这是什么逗趣的话："哈哈哈，大概就是那么一

[109] 疳与借音读近似，五疳与五贯音读相同，所以淆混一起。"烂眼钱"系俗语，谓数目太小不值得看的一点钱。

[110] 疮毒即指梅毒，日本通称梅毒曰疮。

[111] 俗谚有云，生得乡下掘芋头，谓天生性分，只可从事农作，这里利用生得与疮毒音近，故意的说笑话。

回事吧。”

醉汉：“那么，这倒是有很好的料理法的。”[112]

柚市：“嗳，吃什么好呢？”

醉汉：“不，有料理法哩。有医法呀。”

二人：“是么？”

醉汉：“每天挑着箱子，去叫唤走着好了。”

二人：“嘿，那是什么呀？”

醉汉：“那个不知道么？”

二人：“不曾知道。”

醉汉：“叫唤说修理下疳疮毒喽！”[113]

二人：“哈哈哈，哈哈哈！”

醉汉：“可是，你们一年三百六十天都闭着眼睛，平常不觉得渴睡吧？”

柚市：“嘿嘿嘿，眼睛虽是闭着，心里却是没有睡觉，所以睡的时候还是要睡的。怀胎的女人虽说是肚子大，可是不吃食也不成，正是这个道理嘛。”

---

[112] 原意是说疗治法，却说作料理，所以瞎子误会为关于食饵的话，接着问吃什么好了。

[113] 出口氏注引山中翁说，此处系模仿一种市上呼声，但据上文挑着箱子的话，此类行业只有修理炉灶，修理雨伞，修理锁门铜器这几样，与下疳云云均不相近。或者当时有叫卖清泻五疳胎毒的药物的也未可知，但说挑箱子，则又不相似了。

醉汉:“的确，这道理是对的。——那边的人汤泡得很红的。不客气的说，要是个章鱼呢，那个头倒是很有价值的哩！[114]这边的座头是白座头和黑座头，那为了寒天的虫瞎了眼的算是冰座头吧。这些座头倒都是听见过的，就是红座头很少见。”

栗市:“嗳，我是混杂在赤小豆[115]里的啊。”

醉汉:“唔，好的，好的。喂，你也是疮毒么？”

栗市:“不，是疹子到了眼里去了。”

醉汉:“哈哈，疹子？咦，了不得的东西走进眼睛里去了。进去的时候，怎么说的呢？”

栗市:“不，什么也没有说。”

醉汉:“咦，真是粗卤的家伙。走到要紧的眼睛里去，不打一声招呼，真不懂规矩呀。疹子倒还是运气的哩。如果是海狗进去了的话，那才真是老要睡觉了吧。[116]眼睛里进了去，

[114] 章鱼俗称八脚鱼，头大且圆，世俗以比和尚，煮熟则转赤色。瞎子均剃头，今比作章鱼，亦是戏弄之意。

[115] 出口氏注云，小豆色赤，故如此说。但未说明这句话的意义，便是为什么是混杂在豆里的呢，难道是比作小豆饭里的白米么？意味也不明了。

[116] 日本语“海狗”（azika）与“疹子”（hasika）音读相近，所以混说一起。俗说海狗善睡，常在海边成群睡觉，只派一狗值班警视，见有危险，便惊醒群狗，悉逃入海去。瞎子眼闭，故说海狗入眼，更将长睡了。

那可不是眼病了么？”

栗市：“对了。”

醉汉：“咦，那真是不幸了。眼睛乃是人的眼珠嘛。进到人家当作眼珠的眼睛里去，生了眼病，那当然要成为瞎子了。”

在这时候，后边的一个人站着，拿热的净水浇洗身子。恰巧又有一个人舀了一小桶冷水，端着走来，滑了跌倒，直淋在醉汉的头上。

醉汉：“啊，啊，冷得很！喂，喂！嘿，那边的汉子，为什么站着浇水，溅到我身上来！还有还有，嘿，这边的汉子，为什么跌倒，用冷水浇我的？”

甲乙：“嗳，对不起！这是不注意，没有法子。”

醉汉：“什么，不注意？喂，那人的跌倒可以说是不注意算了，冷水浇在我身上，说不注意就可以算了么？把人家放在汤里一泡，又过上冷水，想当作野小子的凉面[117]那么去做么？”

甲乙：“哈哈哈！”

醉汉：“不，别笑！没有什么可笑的！拿水来泼了人，那

[117] 凉面做法将面条煮熟，再浸入冷水中即成。这里醉汉说自己先被淋热水，再用凉水来浇，仿佛是在做凉面的样子。“野小子”原文云“野郎”，即是说汉子，乃是自指，但说野小子的凉面，乃是诙谐口气。

才真是泼水吵架[118]了。你们两个我都来应付。喂，这个样子，像是水瓶落在老鼠里[119]那么烂湿了。这决不能原谅的。你们两个都等着吧！喂，伙计，一直从前就想要打架的对手，好容易才算有两个一起出来了。索性借一个笸箩给我，在浴池里去捞一下子，可能还有两三个人吧。喂喂，大家拿定主意吧！不要放走了那两个！放走了的话，我就来找伙计做对手。现在看着吧，我来怎么的干！”站了起来，摇摇摆摆地，踏在一块浮石[120]上头，噔的一下仰天跌倒了。

醉汉：“啊唷，痛啊，痛啊！你们，出其不意的——”说着去看脚底下，乃是一块浮石。“什么，浮石么？不管浮石，不管哪个家伙，我都来应付！”可是弄错了对手，抓住了别一个豪杰的手。

豪杰把醉汉推开：“什么，这个报应的家伙！[121]四个钱一

[118]“泼水吵架”原文云“水挂论”，以泼水当打架，无多大损害，可以持久下去。

[119]这是市井间的一种游戏说法，故意说得颠倒，如小儿歌中有“满天月亮一颗星”等。

[120]浮石轻松有细孔，澡堂中用以摩擦脚跟，可去坚皮积垢，原名轻石，或译作锉脚石。

[121]原文云“业报人”，意云作恶多端，将受到报应的坏人。

吊子，一碗汤豆腐，[122]算是顶破费了，喝浑酒嚼糟的东西！这可不是个浑蛋么？也不想一想这是谁，就来找事。这边是从正月初二的初次澡堂起，直到三十大年夜的半夜为止，这种事情是决不害怕的，江户子[123]嘛！哪，这么说虽然似乎有点寒伧，——”

劝架的人：“喂，这样算了吧！”

豪杰：“唔，不，连你也来欺侮我么？这边是大抵的事情都是谅解的，好像是踩了叭儿狗的狗粪的那样面貌走过去算了。不懂得情理也要有个限度。这是在什么地方的汲水瓶上挂住的家伙[124]呀！水性也不识得的来吹水泡。喂，又不是听六十六部讲立山的故事，[125]从头那么恫吓一起，有什么用处！

---

[122] 这里嘲笑他的喝酒，四文一合是最便宜的下等酒的价钱，汤豆腐用白汤煮大块豆腐，蘸加作料的酱油来吃，虽然也别有淡白的风味，但价钱很贱，这里所说便在这一点上。

[123] 这以下是江户子的自己夸口，表示出豪爽而唠叨的特质。“江户子”原文曰“东子”，系用古地名，意思只是吾妻人，虽然字面上像是说东人。

[124] 原意骂他是溺死鬼，旧时井口很大，有人投井而死，次晨人来汲水，挂在吊瓶中乃被发见。这是日本古时特别情形，中国井口小，又不用吊瓶，所以是不可能有的。

[125] 旧时佛教信徒抄写《法华经》六十六部，徒步背着，走到国中有名寺院六十六处，各献纳一部，这种人也就称为“六十六部”，或简称“六部”。他们走过许多地方，见闻既多，又加上些宗教上的色彩，更显得奇异可怪了。其中立山的故事最为奇特，立山在日本中部富山县，山岳雄奇，故尤多神秘色彩云。

若是石菖蒲盆里的大眼子儿[126]，去追赶大小相应的觔斗虫[127]，倒也还有点相配，想去吞吃鲸鱼或是鳌鱼，那才是变把戏的好手哩。[128]好像鸭子要想爬上鹰架去的那副模样，要来和我打架，真是叫人要恶心煞。”

伙计：“喂，这样算了，就谅解了吧。”

醉汉：“什，什，什么！说鸭子么。鸭，鸭，鸭子是什，什么事呀？”[129]

豪杰：“什么，怎么啦？”

伙计：“喂，喂。”

旁边的人：“喂，你喝醉了酒，也太是啰嗦了。请你别再吵了吧。”

醉汉：“醉，醉酒？我什么时候醉了？我并没有醉。如果以为我是醉了，真是的，[130]那就想错了，真是的！”

---

[126] 大眼子系一种小鱼，常在浅水中游行，眼睛特别长得高，看去似非常的大，故名。

[127] 觔斗虫系蚊子的幼虫，文言称为孑孓，中国方言或云水蛆。

[128] 原文云“芥子之助”，本系人名，据出口氏注云，旧时在浅草观音堂的后山演技，两手投掷豆子与酒瓶，中间并飞镰刀，在空中将豆劈开，此外又演各式杂技及戏法，有名于时。

[129] 上文的鸭是说醉汉摇摇摆摆的情状，很是可笑，但这里醉汉听了生气，似乎别有意义，却未能明，虽然日本方言中有此一语，作为私门子的别名。

[130] “真是的”一语，据出口氏注云，系江户的豪杰常用的口头禅。

豪杰："喂，因为是醉汉，所以我忍耐过去了。要不然的话，我老早就把他揍了。"

醉汉："啊，有趣得很。你就揍了来试，试试看吧！浑蛋！真是的，真是的又是真是的。来，来揍了试试看。真是的又是真是的。"

醉汉被两三个人所抓住，摇摇摆摆，晃晃荡荡的，好像是牵线木头的傀儡似的，眼睛却是定着，瞪着看人。豪杰也好容易经人劝止，分了开来。

伙计："喂，你这事反正后来会明白的。大家都清楚知道，你就饶恕了算了。大不了是个醉汉，没有什么办法。"这样的劝走了，那个醉汉由大家帮忙，给他穿好衣服，送了出去。门口有许多小孩，大声叫喊。

小孩："醉汉——嚼糟的！"

醉汉："什，什么？这些胡涂虫！"

小孩："这个大野猫！"

醉汉："我，我如果是大野猫，那么你们便是大野狗！[131]

---

[131]"大野猫"原文云"朴念仁"，"大野狗"原文云"朴大根"，均系改译。朴念仁（bokunenjin）有音无义，系指不懂情理的人，这里因后二字音近人参（ninjin），即胡萝卜，所以醉汉接过去，改胡萝卜为白萝卜，说是朴大根（bokudaikon），没有什么意义，只是随口改编，还报过来一句闲话而已。

我并没有醉！真是的，喂，真是的又是真是的。”

这之后，像是大风吹过似的，一切寂静。

一九　义太夫的师傅[132]

伙计：“呀，太夫老板，这一向——”[133]

这太夫像是一个教授义太夫节的男子：“哈，哈，这里很拥挤呀！”说着正要脱去用戏台旧幕改做的大袖子衣服的时候，看见一个在义太夫节教授所里，常要唱说第三段[134]的吧，梳着本田髻，露出前额，有点肥胖的汉子，正在绞他的手巾。

义游：“呀，师傅，您好早！”

太夫：“呀，义游老板，[135]已经洗完了么？昨天晚上真好景

[132] 净琉璃这种音曲分作好些派别，最重要的是义太夫派，因竹本义太夫得名，后来差不多就成为净琉璃的代名词了。后来弟子丰竹若太夫又分立一派，世称东西两派，如本文所说。日本旧时音曲师多给与虚职，如瞎子之检校勾当等，净琉璃师也授“掾”或用同音的“丞”字，上加地名，如越前筑后等，而其名字后亦常加太夫称号，本出自大夫，但写作太字，又读音如太由，也与大夫不一样了。

[133]“这一向”是招呼的习惯语，意思是说近来你好么？

[134] 出口氏注云，即义太夫中所谓愁叹场，外行票友最喜欢来演唱。净琉璃稽古风流说得好：“无非只是学了好玩，太夫也是了解的，所以只是随便的听着学生练习，客人也并不好好的真心学习多少段叙述行路和景物事情的场面，起头就来学第三段。”

[135] 义太夫的师傅是以此为职业的，义游只是票友，这名字便表示此意，同时也当作他的别号了。

气呀！”

义游：“呀，在吞太夫[136]那里得到了援助。酒客演了纸治的茶室那一场，[137]几乎全是盐町[138]的派头演唱着，看了也觉得讨厌，我想努力演出红梅箭箙[139]的二段，叫他们听一下好久没听到的石町[140]的口调，可是赤助说的，还不如以前从音十郎老板学的，那先斗町[141]唱的顺口，没有问题的好，便换了别的了。”音十郎即是泉屋音十郎，是唱净琉璃的票友的名人，系说故人松主的事情。

太夫：“哈，哈，那么你是单枪匹马呀！可是你的净琉璃，又还是照着住老板的一套习气挺下去好，那是更有好处。听众

---

[136] 这是假名字，与下文酒客相应，与后文用真名的不同。

[137]“纸治”是纸屋治兵卫，即是说纸店的主人治兵卫。一七二〇年大阪纸店主人治兵卫与妓女小春殉情自杀，近松为竹本座写净琉璃脚本，名曰《心中天之网岛》，至今有名，义太夫常演“纸治”，其中茶室一场尤胜。“茶室”原文云“茶屋”，本意是说茶店（吃茶店），但在江户时代茶屋可以接待妓女，所以近于北京近代的所谓茶室了。

[138] 盐町原是地名，原本旁注政太夫三字，盖系著者原笔，说明盐町即是政太夫的别名。

[139] 出口氏注云，此系三浦大助所作，原意当作红梅马笼头，三田村则云作红梅马缰，红梅系一种颜色的名字。

[140] 原本也有旁江云住太夫，即下文所说的住老板，生于住吉地名，故名，后居于江户的石町，今名为本石町。

[141] 先斗町大概也是太夫的别名，但出口氏注云未详。可能这未必有实在的人，只是作者取其与石町相对，一时假设亦未可知。

欢迎，多一成利益。”

义游：“啊，昨天晚上又是那浪花，照例用了那锅屋的派头，造起阁楼来了。[142]彼人也正是僭人呀！”锅屋是说的丰竹麓太夫的事情。僭人是说唱净琉璃特别摆出架子，要装作演唱得好，随意的乱唱的人。大概因为说僭妄的话，所以称作僭人的吧。这些都是关于净琉璃的俗语。

太夫：“是大大的僭人嘛！拿过东边来也未始不可，不过彼人也还是太过分了。可是，说好那是不行啊！真的东边腔，还不是，不是那么样的物事。——那白开水先生怎么啦？”丰竹越前掾这一边，连同若太夫麓太夫驹太夫等人，称作东边，竹本筑后掾那边，连同政太夫住太夫等人，则称作西边。[143]

义游：“还是照例喝白开水，和发出擤鼻涕的声音，在台上老是咳嗽着哩。”

太夫：“那个人演唱着的时候，真想把他从台上弄下来，一面当作听众，叫他自己来听一下呢。可是不能办到嘛。”

---

[142] 锅屋在本文中有说明，但“造阁楼”据三田村氏注云未详，今依出口氏的推测，或者可以解作捣乱的意思吧。

[143] 丰竹越前掾即是开创丰竹座的若太夫，也即是东派的元祖。竹本筑后掾即义太夫。

义游："连题会[144]还有些日子么？"

太夫："练习还有些余留呢。恐怕一下子还不会开得起来吧。——你有工夫来玩。"

义游："弦丝也见面么？"

太夫："近来很少看见他。"

义游："那家伙也总是那一套旧式的，拙劣的讨厌的声调呀。"二人说着别去。这样专说别人坏话的人，及至自己上台，唱的乱七八糟，给弹三弦的人尽量戏弄，听众说着坏话，满屋打呵欠的声音，也并不介意，还是流了汗唱着。这也正是在澡堂里，唱那第三段的人啊。

二〇　老富与老金

老富："昨天，往大师河原[145]去了，啊，远得很，远得很！回来的路上，弯到羽田的辨天堂去，[146]走到大森的桥头的时

[144] 连题是净琉璃演习会的一种，立下一个总题，例如《忠臣藏》从开始至第几段，虽然不全连续，大体顺序演唱下去。又一种会由与会的人随意演唱各本各段的，称为绿会云。

[145] 大师河原在现今川崎市，有平间寺甚有名，系真言宗即密宗的寺院，故以大师得名，因日本密宗佛教，由空海首先从中国传入，世称弘法大师，关于他的故事传说很多。

[146] 辨天系印度女神辨才天之略称，在日本很见崇拜，在水边常有辨天堂，似当作水神，又一说与蛇相关，往往塑有蛇像，列为从神。

候，疲倦极了。——喂，金公，好久没有听见你的潮来调[147]了。来唱它一点吧！”

金公：“哼，没有这样便宜的事情！这也都是很花了钱才学会了的嘛。说是练习潮来节，每天都花上六七十文大钱哩！”

富公：“为什么事那么花？”

金公：“碰见了澡堂，就进去洗澡呀！——明天还有杵屋[148]的演习会哩。”

富公：“在茶馆里么？”[149]

金公：“嗡，现今在澡堂里练习，以后是配了丝弦。”

富公：“那了不得的有趣！”

金公：“啊呀，在女澡堂那边，像是有人大声地说话哩。”

富公：“那是新开路的艺妓中间的老奶奶吧。”

金公：“到伙计的旁边去听听看吧？”

富公：“这倒是好玩的，好玩的。”

---

[147] 潮来是日本的一个水乡，在茨城县南端，以民谣著名，称为潮来节。

[148] 杵屋勘五郎本系狂言师，后刨始一种音曲，称江户长呗，以杵屋一派为宗师，现代尚相传不绝，但不知何故改去“杵”字为同音的“希音”二字，其实该派系用月兔捣药似的杵为记号，故称杵屋乃是纪实。

[149] 这里原文“茶屋”，虽然不是吃茶店，但说等于妓院的茶室也不合适，所以只好笼统地说是茶馆里罢了。

伙计道：男堂的遗漏，女堂的情形，虽是有种种好玩的事情，可是前编纸数有限，难以尽写，在后编里再来细叙吧。女堂的情节，很有趣的安排，写得之后，明春出板。大家恭喜恭喜。新正期内提前收店[150]

[150] 原本末行画作一木板，上写这一句话，系模仿澡堂大风“早散”之例，参看前编卷上注[1]。

二编卷上

女澡堂之卷自序

前著男子部之浮世澡堂，一编开张，千客万来，发行所的肚皮温暖了，[1]可是这与管澡堂的所烘的火一共烧成桴炭[2]，来不及洗末后的一堂澡，只差了一步，噫嘻，惜哉！烧了的板姑且不管，总之等洗了澡没有发冷之前，再来它一编，那些两回洗澡[3]的各位，有如在候休息的明天一般的[4]盼望甚切。舀热汤的人的木杓，和作者的一枝笔，都迟迟的难得要领，

[1] 这序文也是游戏文章，全用书板被焚及澡堂的关系文句凑合而成，此处说初编发行畅销，出板者获利不少，即用双关词句“肚皮温暖”，与洗澡有关。

[2] 木柴经火烧透，随即闷熄，轻松易燃，可以引火，俗名桴炭，或写作浮炭。参看前编卷上注 [24]。

[3] 见大意注 [15]。

[4] 澡堂休息日见前编卷上注 [3]。休息日不能洗澡，因此急迫的在等候明天。

那么这怕要成为端六的菖蒲汤，三伏后的桃叶汤，[5]成为时节落后的东西了吧。还不行么，[6]还不行么，催促草稿，仿佛是来叫洗长澡的人[7]似的。可是把小小的智囊，像米糠袋那么的绞着，也没有一下子捻出节日的十二文钱的纸包的法子。[8]当然这是不准张看的女澡堂的别世界，那该是怎样情形呢，靠着净汤的竹管[9]去推测，终于做成了两册[10]故事。近来柴火涨价，[11]搜集前编的余材，成为后半场[12]的女澡堂，那么这正

[5] 旧时澡堂在端午那一天照例于水中加菖蒲，称菖蒲汤，又伏中加入桃叶，云可防止痱子，称桃汤。今言过了时节，犹云十日黄花。

[6] 原文“还不行么”，也可解作“还不上来么”，与洗澡双关，意云还没有从浴池中出来么。

[7] 在澡堂里洗浴，长时间泡着或洗濯的人，称为洗长澡。

[8]“十二文钱”原文云“十二铜”，出口氏本注引《嬉游笑览》，云本意是十二镫，乃系捐助十二灯明的油料，照例包在白纸内，捻作一团，用作布施。后乃转用于别的场合，如新正初次入浴，或值澡堂的节日，熟客均须以此相赠，称为御捻。从绞脑汁联想到绞米糠囊，又说到同类扭绞而成十二铜，正是滑稽文章的手法。

[9] 旧时澡堂男女两部，中隔一板壁，净汤池介在中间，有竹筒放热汤入池，两边不能相见，这里只是利用竹管字样，说得仿佛是从这里推测出来的罢了。

[10] 原本系木刻插图，每编各分两册发行。

[11] 参看大意注[15]。

[12] 出口氏本注云，旧时废止混浴之后，有些澡堂分男女两场开放。早晨先放男堂，第二场才是女堂，但后来男女分为两堂，这就只剩了一个名词，这里用了只是双关第二编而已。

是乌鸦的洗浴，[13]霎地来淋一下子而已，云尔。[14]

文化六年己巳重阳前后五日的急就。

江户前的市隐，[15]

式亭三马题。

---

[13] 乌鸦洗浴是说时间很短，其实鸟类都是如此，不过乌鸦因系常见的鸟，所以俗语这么说的吧。

[14]“云尔”二字在中国古文中常见，特别多用于序文末尾，作者写游戏文章，特地模仿古文，所以屡次应用，虽然有些地方在文法上可以不用。据序文计算，二编两卷也是在五日中写成的。

[15]“江户前”一语本用以指物品，特别是鳗鱼。据出口氏注引山中翁说云，江户前面是永代桥一带的隅田川，从那里捕得的鳗最好，称为江户前的，是道地的鳗鱼。后来转变用以称神田日本桥一带地方，作者那时住在日本桥的本石町（大意末尾还只称作石町），所以用此名称。“市隐”是中国旧语，作者以著作为职业，一面也兼营着商业，贩卖各种药物化妆品。

附　言

养育小儿，有丸药之苦，也有糖稀之甘焉。譬之于书，三史五经为丸药之苦，稗官野史则糖稀之甘也。盖世间虽多有女教之书，《女大学》《今川》之类，[16]如丸药之苦于口，妇女子之能真心玩味者鲜矣。这女澡堂的小说，虽然本是游戏之书，如用心读去，则如糖稀之易吃，善恶邪正的行状自然得以了知。正如常言所道，看了别人的举动，将自己的举动不问善恶均能有所改正，那么这正是教训的捷径了。又如不肯听取强硬批评的壮夫，对于诙谐的教谕亦听了不倦，自然就留在心上了。各

[16]《女大学》原名《女大学宝文库》，系贝原益轩所著。《今川》参看前编卷上注[140]，今川了俊著有《今川帖》，此处系指《女今川》，为泽田吉女所著，乃用假名文字所写的一种女诫。

人如去留心玩味此草草的游戏小书，在小益之中必然将有大益矣，云尔。[17]

此书初编在文化六年己巳初春，触祝融氏之怒，板片悉化为乌有。[18]今将增补，打算再行付梓。四方赐顾君子，请俟发客之日，予以购求，本店幸甚。谨白。

[17]“云尔”见上注[14]。三马平常自称“戏作者”，本书题名上又故意加上“诨话”二字，表示与当时流行的正统文学有所区别，但是儒教道德的文学的势力很大，作者也就不得不来学说几句，在序文上多能看到。

[18]触祝融氏之怒及化为乌有等语，均系原文如此，不加改修，因为原本故意运用汉文古调，也是游戏文章的一种手法。

早晨至午前的光景

一　讨钱的百鸟叫[19]与艺妓们的谈话

讨钱的百鸟叫。甲："一切成就之大祓，极秽者既无留滞，秽更无有，内外玉垣[20]悉皆清净。"

［19］"百鸟叫"，原系一种杂耍，由一个人学各种鸟类的叫声，这里只用作比喻，将门前走过的各式讨钱人的声音，比作百鸟罢了。

［20］玉垣系说神社石墙的敬语。此一节是伊势神宫举行祓除仪式时的祝文，毛和尚走到人家门前，口诵此词，请求布施。

乙：“一天四海，皆归妙法，南无高祖日莲大菩萨，[21]南无妙法莲华经，南无妙法莲华经。”

丙：“愿以此功德，普及于一切众生。南无阿弥陀佛，南无阿弥陀佛，南无阿弥陀佛！”[22]

净土宗呀，法华宗呀，八宗九宗，[23]聚集一处。有人拉开女堂的格子门，口里说道：“哎呀冷呀！”抖着两个肩头，走了进来，乃是应该名叫什么文字或是丰什么的，[24]十八九岁的白牙齿，[25]手里抱着新式单衣，染出“听好事”[26]的旧式花样，

---

[21] 此系法华宗即日莲宗信徒所唱的词句，日莲是十三世纪后半的和尚，初修天台宗及密宗，后乃转入狂信，认为只有《妙法莲华经》是如来的本意，自立一派，高唱“南无妙法莲华经”，以代替佛号。在日本佛教算是一个改革家，但多有热狂分子，可能包含着好些神道精神。但在日本民间势力相当不少，信徒尊称他为高祖，又如本文中称为菩萨。

[22] 这几句话称为回向文，在法事终了的时候，照例要说，意思是将此番功德转回给国家人民，或是代代先祖。源出《法华经·化城喻品》中，但与日莲宗却无一定的关系。

[23] 八宗是中国佛教各派的总数，九宗是随便凑合上去的，只是说宗派之多而已。

[24] 出口氏注云，净琉璃中唱常盘津一派的名字，末尾常用文字二字，唱富本一派的常用丰字放在上头。这里意思说她好像唱净琉璃的女人。

[25] 出口氏注云，旧时艺妓白牙齿，妓女染黑牙齿。一般妇女则闺女皆白牙齿，结婚后剃去眉毛，染黑牙齿，至明治维新后始废止。

[26] 这种花样当时叫作“谜染”，系染出花纹，再用文字解读，成了一种意义。这里原文画作一把斧子（双关解作好字），一张琴（亦云“筝”，解作事字），一朵菊花（解作听字），合起来是“听好消息”的意思。

她的名字是三味。[27]

三味："啊呀，鲷姐，你早呀！晚上准是吵闹得很了！"[28]

阿鲷像是饭馆里的女儿的样子："嗳，晚上你也很渴睡了吧！总是那个醉汉，闹到深更半夜的。"

三味："可不是吗，可是没有坏脾气，是酒量很大的人。不像糟兵卫似的那么闹酒，倒是好。在那之后，说送我回去吧，在新开路的拐角滑倒了什么的，终于送到我的家门口哩！"

阿鲷："那倒是好性子的，多管闲事的老头儿。提到吞助老板[29]的臭拳，还有饮六老板的恶作剧，那才叫人讨厌哩。"

三味："正是呀，酒香老板的甚句[30]也吵闹得很。"

阿鲷："可是到末后都是打呼了事。——哎呀，你已经打

[27] 这一句是译者补充的，因为原本后边提出名字，有点来得鹘突。看来她不是唱书的，却是一个艺妓，照作者惯例，常将有关名物拿来当作名字，这三味即是三味线（三弦）之略。

[28] 鲷是日本海鱼，读若"他伊"，在中国市上称为大头鱼。阿鲷名字的意义，参看上文注[27]。晚上是指前夜在饭馆有人叫局闹酒的事情。

[29] 吞助，饮六与上下文的糟兵卫及酒香，都是指酒客，均以与酒有关的字为名。

[30] 甚句亦称甚九，是一种民谣的格调，大抵用七七七五这样四句合成，合计二十六音，比三十一音的和歌为短，却比十七音的俳句为长。此种格调似最为日本人民所喜爱，此外如潮来调，及通行的都都逸调，也都是如此，只是唱法不同罢了。

扮[31]好了么？”

三味：“是呀，今天早上，阿栉姐首先就到我这里来了嘛。你的头是谁给梳的呢？”

阿鲷：“阿筋姐呀。”[32]

三味：“样子很不差。”

阿鲷：“什么，今天因为是替工，所以觉得不合适，有点儿怪。”

三味：“人手换了，就是梳得好，也觉得不对似的。你转过身子去看。啊呀，那很不差呀！”

阿鲷：“就是那髻的后面不是太高了一点了么？”

三味：“不呀，是正好的。”

阿鲷：“嗳，请你慢慢的！”从架上拿下木屐[33]来，将要出去。

三味：“顺路往我们家来玩吧！母亲在家里呢。嗳，再

---

[31] 打扮这里是说头发梳好了。

[32] 日本有专业梳头的女人，阿栉阿筋皆是，名字的取义参看上文注[27]。栉即是梳子，筋为“毛筋”之略。是一种黄杨制的长针，一头扁平，刻作小梳的样子，一头尖长，用以划分头发，毛筋意思即云发绺。

[33] 木屐系是总称，这里原文所说只是其中一种，名为驹下驮，特色是屐面与屐齿都用一块木头所雕出，不像阴雨天的下驮，屐面用甲种木，屐齿又用别的硬木镶上去的。

见！”说了这句话，就进浴池去了。

二　艺妓们的对话

随后进来的，显见得也是同伴，三十岁左右的白牙齿，眉毛上边聚集了些小皱纹，鼻子旁边的坳纹也渐渐的凹了下去，颜色微黑，白牙齿也变成黄色了，可是疏疏朗朗的二番稻[34]似的眉毛凛凛的长着，这可以说是遮盖过了脸上的七难[35]了。她把所穿的中折木屐[36]拍哒的脱掉，同了管澡堂的女掌柜打过招呼，将单衣抛出去，一面解着带子，向着浴池方面，高声的嚷叫。她的名字是阿拨。[37]

阿拨："三味姐，三味姐呀！"叫了两声，没有听见。"三味姐，你这聋子！"

三味在浴池中："嗳唷，阿拨姐，你早呀！"

阿拨："还早什么呀！你这人真是无情，就请你那么样办吧！好个不知道同人家打交道的家伙。那么的对你说，请你多等我一会儿的嘛！"

---

[34] 稻收获过了的田里，有时从根上还长出稻来，称为二番稻，大抵只有疏朗的几株。

[35] 日本俗语云七难九厄，代表一切苦难，这里只是说脸上的各种缺点。

[36] 木屐的底分作前后两半，中间用皮钉着连住，亦称折下驮。

[37] 这一句也是补充的。拨本系弹琵琶用的拨子，日本弹三弦时亦用此物。

三味：“可是，你的饭老是吃不了嘛。”

阿拨：“嗳，对啦，因为是大肚儿呀！正是嘛，你说的全是对的！”说着话进到浴池里来。“刚才，到你那里去转了一下子。你那里的妈妈说的，已经走啦。本来一直等着你的。那是个无情的孩子嘛。这么那么的叫人觉得高兴，你家的妈妈真是会得奉承的人，会说好话。碰着我们那里的妈妈，只是叨叨的说，叫人讨厌的受不了。”

三味：“也好呀！你爸爸倒是很和气，可不好么？”

阿拨：“只是因为太和气了，一天到晚挨着妈妈的骂呢。并不是偏袒爸爸的话，在旁边听着，叫人心里怪难受的。——哦哦，你昨天晚上是在大酒屋么？”

三味：“嗳。”注曰，回答说“是”，却说作“嗳”，这是女孩子的通行话。——“你呢？”

阿拨：“我是到财神会[38]出局去了。在正八点的时候[39]才回家的。”

三味：“我也是，这么那么的也是快八点了。”

阿拨：“因为勉强的喝了酒，所以你瞧，至今连眼睛都还

[38] 财神会参看前编卷上注［117］。酒宴中往往招艺妓侑酒，虽并不唱曲，亦称出局。

[39] 八点是夜中二时，参看前编卷上注［68］。

是发肿哩。”

三味：“难怪脸色不大好。”

阿拨：“啊唷，水烫得很！”

三味：“烫么？真是孱头呀！”[40]

阿拨：“并不是孱头。你也该觉得烫吧，像这家伙那么的顽强的人真是再也没有了。——咚，咚，咚！请给放点冷水吧！”

舀热水的开玩笑说：“刚才放过了水，如今不好再放了！”

阿拨：“说刚才放过了水，真是太胡闹了。还热得很，放一点吧！喂，没有法子的三助呀！”[41]

舀热水的：“说三助，那更不放了。”

阿拨：“那么，我拜求三助大明神了！”这之间，冷水放好了。

舀热水的：“喂，把热水搅和一下子吧。”

阿拨：“讨厌，谁来搅和呢！——喂喂，来浸在这地方吧，冷水出来的地方。那么，这样来吧。三味姐，前天你到哪里去了？”

---

[40] 原文云“弱虫”，俗语可说“脓包”，但嫌字义稍差，故暂用地方方言“孱头”。

[41] 澡堂里擦澡的人通称三助，据出口氏注引《大言海》说，盖因此辈多用三助等名字，故转为公名，有如说张三李四。

三味："看戏。"

阿拨："唔，同了客人么？"

三味："掏腰包。"

阿拨："啊呀，同了谁？"

三味："猫文字姐那边来叫我，同了阿弦姐和丰包姐一起去的。[42]差人到你那里，说是你同者通老板往堀内去了。"

阿拨："是啊，还没有看过，是谁做的好呢？"

三味："自然是纪国屋嘛。"[43]

阿拨："可不是么！真叫人生气，前回那一时节的戏文[44]也都没有看着哩。"

三味："戏文散了之后，顺路到丸三[45]去，向三老板道谢，在楼上有人说呃哼呃哼，仰起头来一看，许多人都伸出了头来。

---

[42]参看上文注[24]。俗传三弦下端系用猫皮，故艺妓诨名为猫。阿弦亦取三弦之义，丰包第二字原文从髟，解作女人发髻上突出的后部，中国俗称燕尾儿者是，但汉文中无此训，只说是多须貌，今故不用，省作包字，而于注中说明原意。

[43]纪国屋系名优泽村宗十郎的字号。

[44]出口氏注云，旧时戏文每兴行一次，历四十日为一时节，自十一月一日起，计分冬春夏及中元，又西下留别演出，共有五时节。

[45]丸三意云圆中三字，系店号徽章，乃是一种特别茶馆的名号，专供看戏的人休息，并代办一切手续的地方。

相声[46]的弥七老板和伸松老板都说了话。此外还有谁在那里，可是匆匆的跑了出来了。——啊，好像是还有点热。喂喂，出去吧，出去吧。”走出到浴池外边。擦澡的男人拿了留桶和两个小桶，舀出热水来，给她来擦背脊了。

擦澡的：“喂，阿拨姐，把背脊拿出来吧。”开始擦洗。

三味：“喂，这个人啊，是我先来的嘛。”

擦澡的：“谁都行。反正是一起回去。”这个擦澡的男人到明年要升作伙计了。因为在这里已有四五年长期工作，所以同女客们都相熟了，说话也就很有点随便。

阿拨：“喂，你给我用心点儿擦吧，别这么马马虎虎的。刚擦了两三下子，就浇上热水，算是完事了。”

擦澡的：“大概的就这么行了。就是泥也并不是每天出来的。”

三味：“别这么说吧。阿拨姐的是猫背脊，[47]像老鼠粪似的泥垢搓了出来哩。”

阿拨：“你别管吧！真是够会说的。”

---

[46] 正当应云像声，原是一人模仿各优伶的声口，学他们的唱戏，与中国通行的相声有别。

[47] 有人头颈前伸，背现圆形者，俗称为猫背脊，因为猫时常把背拱起来的缘故。老鼠粪形容泥垢，这里乃因猫而连带说起的。

擦澡的："我以为又要吵起架来了。那么的闹着泼水是不行的呀！嗳，真是会吵闹的姑娘们啊。——行了，三味姐拿出背脊来吧。"

三味："喂，拿出来了，你洗吧！马马虎虎的老爷子[48]！"这里的玩笑说来话长，故从略。

三　母亲和两个女儿

三十四五岁的主妇，带领着八岁左右的女儿，手里抱了两岁左右的小女孩，走进门来。

主妇："啊，冷啊，冷啊！呀，呀，阿宝也冷了吧。喂喂，走到了里边，就暖和起来了。"回过头来说："奶奶，这一向——"[49]

澡堂的女主人，在高台上："嗳，你好早！这一两天，真是岂有此理的冷。杉姑儿也来了么？哦啊啊！总是很活泼的，好得很呀。玉姑儿今天习字[50]放学么？"

女儿："不！"

[48]"老爷子"系北方方言，意义口气与原语"亲仁"正相合，故借用之。

[49]"这一向可好"之略，见前编卷下注[133]。

[50]旧时儿童上学，在书塾中差不多以习字为主，所以一般以习字为上学的通称。

女主人："哈哈，那么是逃学了！"

母亲："你瞧呀，老是骗过我，想要休息。今天也是，骗了阿爹休了学了。阿爹总是太把她娇养了。因此我说的话，简直是没有什么用。"

女主人："您知道，那也是当然的嘛。说来也是稀奇，父亲总是特别爱女孩儿的。啊哈哈。——杉姑儿，你拿的什么呢？是阿番[51]么？啊，拿着好东西了呀。哦啊啊！正是顶可爱的时候。了不得的好相貌的乖孩子！你看你看，她独自笑着哩。喂喂，是杉姑儿么？哦，乖孩子！"

母亲："来，来，阿玉脱了衣服，交到这边来吧！咦，别摔觔斗呀！阿杉宝也脱了花袜子吧，喂，袄子也脱了。啊呀啊呀，阿林[52]打上了不中用的结子。小衫的纽绊是不会得解散的呀。来，来，来！喂，好了。来，这样行了。快点用热水来温一下子吧。嗳，好了好了，行了行了。"

四　拿饭盒上学，梳头的变迁等

八岁左右的女孩子，把门口的格子门打开，大声叫道："妈

[51] 原文云"阿萨"，系小儿叫番薯的俗名，因为日本从南方输入白薯，故称为萨摩芋，略称阿萨。

[52] 三田村氏注云，阿林系使女的通称，犹如男仆之称权助。

妈，妈妈！”

一个名叫阿辰[53]的女人从浴池里出来：“什么事，阿马么？干什么来啦？”

阿马：“那个呀，那个，[54]爸爸呀，说有客来了，那个，快点洗吧。还有，那个，不要再转到哪里去，就立即回去吧。”

阿辰：“嗳，嗳。现在就回去。什么人来了？——偶尔洗一回澡，也立即差人来叫了。真是讨厌得很。还有你呢，不是去习字的么！为什么又回来了？”

阿马：“今天呀，那个，因为是写正字，所以来取写字本来了。”

阿辰：“那么，这就行了。快点去写去吧。”

阿马：“嗳。还有呀，那个，爸爸说的，那个，今日算作奖赏，给带了饭盒[55]去。”

阿辰：“又是照例的事么。没有下雨的日子，饭盒是用不

[53] 这里阿辰阿巳，均用干支为名，小孩名阿马，也即是午的变相。下文有阿申，阿酉及阿戌，亦是同一的例。

[54] 连用“那个”，作为话中助词，乃小孩常态，今悉依原文，不加变动。

[55] “饭盒”原文云“辨当”，初解作行厨，其后转作个人随身携带，装有饭菜的食盒，以便在外食用。现代工作人员多是如此，但在此处当另有说明。出口氏注引山中翁说，当时小孩往书塾学习，喜欢各带饭盒，在塾中聚会吃食，所以许可他们携带，便含有一点奖赏的意味了。下文说饭盒要是迟了，当是中午送去，并非小孩自己带去的。

着的。”

阿马：“嗯，可是——”发出鼻声来了。[56]“唷，妈妈，给拿饭盒吧！唷，你为什么还不肯，阿爹说了，给拿饭盒去嘛！”

阿辰：“咄，吵闹得很！那么给你拿饭盒去，可是饭菜是不能再挑选的了。”

阿马：“嗳！”走了出去。

在旁边的一个女人，阿巳：“谁家的小孩都要饭盒，真不好办。”

阿辰：“是呀。真是讨厌的不得了。无论怎么样，饭盒要是迟了，便到家里去取。这样子再是杭育杭育的，搬到老师那里去吃。”

阿巳：“哈哈哈！不呀，还有下雨刮风的时候，不会跌什么觔斗，拿饭盒去也是好的，可是饭菜又这样那样的要挑选，那可麻烦透了。什么要在水盂里插呀，给买花吧，什么给买肉桂啦，什么做丁香水了，[57]要丁香啦，种种的来讨钱，弄得应付不过来。”

阿辰：“不呀，哪里的都是这个样子，真是为难。什么金

[56] 小孩对大人有所请求，竭力催逼，辄作鼻声，表出欲哭的情状。

[57] 肉桂系是中国旧药，小孩买来吮食，有辛甜气味。水中泡丁香，令有香气，小儿灌入水盂内，用以磨墨写字。

纸呀，花纸呀，全不中用的东西，拿来都铰碎扔了。而且还有，那个，叫作什么变形画的，这样那样的翻来翻去，有一种戏子的变相的画哩。那个画儿，你想，买呀买呀，箱子里装满了一箱啦！我真是，吓也吓坏了。那第三个哥儿呢，又是遇见什么叫作合卷[58]的小说出来就买，结结实实的装了一柳条箱了。什么丰国画的好呀，国贞也好呀，[59]连画工的名字都记得了。啊呀啊呀，现在的小孩们真是变得伶俐了。”

阿巳：“是呀，在我们小时候，只要老鼠结亲啦，[60]老话的红皮书，[61]就觉得很好，再也没有了。”

阿辰：“不呀，什么事情都在那里变化着呀。头发里用鬓插[62]起头，好像刚是近时的事情哩。在这以前是，全是——”

---

[58] 见前编卷下注 [18]。据三田村氏说，合卷的改装发行，系由于三马的计划云。

[59] 丰国见前编卷下注 [12]。国贞亦姓歌川，为丰国的弟子，其师死后袭称二世丰国。

[60] 中国旧时也有此类花纸，出典未详。出口氏注引《世事百谈》，云世间俗称老鼠为新娘子，或者因此想出来的亦未可知。

[61] 江户时代最初刊行绣像小本，纸五枚订作一册，书面用红纸，贴黄签，通称红皮书。内容多系民间传说故事，一般平民及儿童，均甚爱读。“老话”系直译原文“昔话”，指从前流传下来的童话故事。

[62] 日本妇女旧时梳头，主要是三部分，一曰鬓，在左右两旁，二曰髻，在头上，三曰他波，写作髟下包字，即脑后突出部分，北方俗称燕尾儿。鬓插最初系用鲸须制成，装在鬓内，使之鼓起，后有用玳瑁或银制者，则近于鬓夹了。

阿巳："嗳，全是用手摘出燕尾儿来的嘛。[63]这之后，你瞧，有了什么假燕尾，什么假髻[64]这些方便的法子来了。就是独自一个人，也可以梳起头来了。那个变样的岛田髻的样子，就和戏子的假发正是一样呀。只要顶在头上，自然的那头发就梳成了。啊唷啊唷，真是聪明得很的事情呀！"

阿辰："有一个时候，发髻是罩在头顶上的，后来又复旧了，变成了像是从哪里讨了来似的一点儿的岛田髻了。而且又有些人爱好上方[65]的风气，真是时风反复没有定呀。"

阿巳："大家喜欢什么京都样式啦，京都花簪的那些新鲜物事。其实江户的人是，只要老守着江户的风气，那也就行了。——这是说别的话，你那领头的大姊，的确是已经出阁了呀？"

阿辰："嗳，有了适当的地方，所以就嫁出去了。"

阿巳："一个一个的都有了着落，正是安心的事呀。"

阿辰："这是怎么说的呀。说女孩子是赔钱货，家里的[66]

---

[63] 原文云"摘髱"，即是说燕尾儿系梳时用手拉成，并不用什么器具的。

[64] 顶上发髻有各种式样，原系由本人头发梳成，后来发明假髻，系用纸板糊成，戴了上去，只须再用头发薄薄盖住，便成功了。

[65] 旧时日本京都在西京，江户虽系将军所住地方，比起究有高下，所以京都样式总占着势力，一般说话也说京都大阪一带是上方，江户叫作关东。本来上方人是京都人士的代表，比关东乡下人不同，但江户文学发达之后，本地人气焰增高，在许多作品中又往往颠倒过来，把上方人说得不及江户子了。

[66]"家里的"系俗语，妇女指自己的丈夫，大抵通行于市井中流阶级。

老是在说废话哩。”

阿巳：“那边还有婆婆么？”

阿辰：“是的，还是年轻的婆婆哩。”

阿巳：“那么，那孩子可有点儿辛苦吧。”

阿辰：“倒也不，那是性情很好的婆婆。而且那女婿是曾经一回荒唐过了，又老实起来的人，所以很是懂得世故，倒是很好的运气。夫妇感情也非常的好。”

阿巳：“那是比什么都难得的好事情。即使是婆婆有点不好对付，只要夫妇感情好，也就维持得下去了。”

阿辰：“是呀，上个月已经系上带子了。”[67]

阿巳：“哎呀哎呀，那是重重的喜事呀！请要好好的留心禁忌才好。过了五个月是，吃什么都不碍事了，可是锅盖鱼[68]断乎不可吃，奶要不出的。实母散、妇王散什么，[69]你自

[67] 旧时日本习俗，妇女怀孕照例过五个月之后要系上肚带，这名称岩田带，大概原是保护胎儿的用意吧。本来说是在五个月第五天，但也无从严格规定，却是大抵选用历本上的戌日，因为狗是生产安易的。肚带用红布，须由母家供应，并祝贺的糕（糍粑）一并送去，系带后将糕分给亲戚。

[68] 原文云“赤”，中国古医书上称海鷂鱼，亦称邵阳鱼，锅盖鱼当系某地方言，颇得要领。这种海鱼咸制的，旧时东南有之，俗称呼鱼，不知什么字。

[69] 实母散系旧时中国方的妇科用药，至今尚有。妇王散据三田村氏说，在日本大地震前有售，店在东京神田须田町。

己是有过儿女的，所以自然知道得清楚。”

阿辰：“嗳，我也常用的妙药，在晴雨街[70]布袜子铺出卖的走血经的药很好。虽然并没有挂着招牌，这药是许多人都知道的。并不会上火，是顶好的药，托了这药的福，有多少人都医好了，所以我随处告诉人家知道。”

阿巳：“有一种药，只好搽上七夜，奶就会出来，而且硬块会得消散，奶口也开了。唉，简直整个忘记了，是在什么地方有哩！”

阿辰：“嘿，这可不是尾张町平松家的黑药么。那是很好的药呀。什么熊的肚带啦，[71]催生的符咒啦，纸人儿啦，[72]种种的难得的物事，都从各处人家借了来了。我生育过好些回，可是对于女儿的做产总觉得担心，那是很有点不安的。”

阿巳：“总是那么的，你知道。生产之后，你把产汤装一

---

[70] 原名照降町，系民间口头俗名，不见于地图上，本名小网町，因近地一带多是卖雨伞及高齿木屐的店铺，所以得到这个名称。

[71] 出口氏注引山中翁说，民间俗信，熊能使得小孩天花麻疹的病减轻，故有人牵了小熊，颈间带着五色的币束，腰里系着白布的肚带，往来讨钱。用这肚带给产妇系上，必可安产云。

[72] 催生的符咒系各处子安观音子安地藏那里求来，“子安”即是安产。纸人儿也是一种符咒，系纪伊加田地方的粟岛神社所发给，普通亦称淡岛，所祀神系一女子，云能治疗妇人科病症。

酒瓶子，[73]同了胞衣去一块儿埋好了。这是一种符咒，使得那小子不会得缺奶。我们是总之生育不旺，真是觉得很可羡慕的。”

阿辰：“可是，你有一位大少爷，已经很够了。特别是个男孩，我们的是女孩子三个，男孩子两个，其中的女孩子是，真是的，从生下来直到死去，都是累赘呀。”

阿巳：“不，女孩子心地纯良，是很好的。你也有两个男孩子，那第二的阿哥所以正是很好的嗣子嘛。[74]我们家的大儿子，光是叫人费心，真是为难。因为是惟一的独养子，所以娇养惯了，也不打发出去当差[75]，到了现在是后悔啦。无论怎么伶俐，不出去看看世面，也是没有用处的。赚钱的事情一点不知道，只会得去花钱。”

阿辰：“什么呀，反正总要荒唐一下子的嘛。我们的第二个，

---

[73] 原名“德利”，系一种通用的酒瓶，普通内容液体一合，约合四两，大者可容一升以上。

[74] 这句原文意稍费解。因为日本从来家业全归长男承受，所谓嗣子，次男以下例不得与。又儿女分别计算，男儿如生当第三四，亦从头算作长男，女儿则自依次称长女次女。此处第二的阿哥似只可依照中国说法，解作生当第二的长男，所以应是嗣子，若作男儿中的第二个解，则是次男了，照例是不能继承的。

[75] 此处原文云“奉公”，即是说服役，是日本封建制度下遗留着的特别用语。因为强调主从上下的关系，把一切徒弟伙计婢仆的工作都说作“奉公”，虽然后来通用已久，原来的气味也多少失掉了。

也说到世间去看看是帖药，所以打发到本店去，放在那里了。”

阿巳：“嘿，倒是能够驯良的干着呀。反正，不吃过别人家的饭，是不会懂得人情的。即使是将来用着使用人，不是掐着自家的身子来看，人家的痛苦是不能了解的呀。无论怎么，不曾离开过两亲的手的人，就不会知道痛痒。你真难得，叫他出外公干去了。”

阿辰：“是呀，现在倒还能够忍耐干着的。因为家里的人平常是严紧呀。吩咐过说，除了例假[76]之外，不准回到家来。就是因为差使来到近地，也不顺路来到家里。”说话的中间，有使女到来了。

使女：“太太，式手屋的马太郎老板来了，请你就回家去吧。”

阿辰：“哦，现在就去。——那个，你看，两遍三遍的来迎接嘛！真是的，偶尔洗一回澡，也还是不成。呵，呵，呵。——喂，喂，喜代呀，喜代呀！你呀，把茶预备好吧！”

使女：“嗳，嗳。”走出去了。

阿辰：“再见！你安静的——”

阿巳：“嗳，再见！请你对你家里的致意问候，心里想着

［76］参看前编卷下注［8］。

却一直没有去得。”——二人别去。

五　老太婆们的对话

在水船的旁边，两个老太婆一面倒出袋里的米糠来，一面磨动着下巴，正在说话。

阿申：“老奶奶，你上来了么？”

阿酉：“啊呀，老奶奶，你早呀！是什么时候来的呀？”差不多年纪的老太婆，互相招呼叫老奶奶，谁也不知道到底哪个是老奶奶。

阿申：“真是的，老奶奶，近来很少看见你呀。”

阿酉：“是呀。你的身体没有什么不好么？”

阿申：“可不是么？就是那个呀。这总之是老病吧。眼睛不好，腰脚也不强健。没有比这更讨厌的事了。高兴的就只是媳妇儿一个人罢了。”

阿酉：“什么，还没到这年纪哩！”

阿申：“你想现在是多少岁了？”

阿酉：“这么说来，该是比我大些吧？”

阿申：“嗳，岂只大些呢，大概要差一转吧。”[77]

---

[77]“一转”平常是说干支一轮即十二岁，这里的意思乃是指十年。

阿西：“那么八十岁么？”

阿申：“啊呀啊呀，你这老奶奶真是说得人家太可怜生了！是七十呀。”

阿西：“哎呀，哎呀！我是去年五十九，过了年是六十岁了，所以大概到明年该是花甲重逢[78]了吧。”

阿申：“这位老奶奶，真说些傻话。真是的，真是的，老是年轻人似的元气好。”

阿西：“并不年轻了呀！虽然说是老奶奶四十九岁嫁到信浓去，[79]可是到了六十岁，老奶奶，那是脉也要停了呀！哈，哈，哈。”

阿申：“你老是快活的，那是很好。长了白头发，性情还是年轻。”

阿西：“心里烦闷着，也岂不是徒然的么。我是什么事情都不搁在心上的。或者找点黑发油来搽它一下，想再来漂亮一回也好哩。如果有出嫁的机会，老奶奶，请你给我做个媒人

---

[78] 民间称六十岁为花甲，但旧时系说满六十年，所以到了六十一岁才算是周甲，日本称为“本卦复归”，与这算法相同。

[79] 出口氏注云，小孩拍球歌中有云，善光寺老奶奶年纪四十九，说要嫁到信浓去，但加贺地方村中歌则云，今年是九十九，嫁到熊野去。三田村氏注引小林一茶作俳句云，老奶奶四十九到信浓去，[带着]纸衣呀。可见这俗歌流传的久远了。

吧！岂不是鬼也有六十岁[80]的时代，正是老太婆的盛年么？阿哈哈哈。”

阿申：“哈，哈哈！真是的，你的后生一定是很好的吧！”[81]

阿酉：“什么后生，什么三升，[82]我哪里管得这些事。死了以后，随它去就好了。这世的事情还没有能知道嘛，死过之后怎么样，哪能知道呢？睡觉以前每天喝一杯酒，舒舒服服的睡了，那就是天堂了。”

阿申：“是的呀。你能每回喝一点酒，所以你的心情就不同了。我是没有什么消遣的法儿。一年到头，气闷得厉害。真是的，真是的，我看也不想再看。唉，我已经是，已经是，这个世界住的厌了！”

阿酉：“啊呀，啊呀，这位老奶奶是，如今就这个世界住

---

［80］日本俗语有云，鬼也有十六，粗茶也有头汁，意思是说粗茶初泡上时的第一碗也有香味，鬼虽可怕，在十六岁时也有她丰美的时代。十六即中国说二八的意思，现在把这句话颠倒说成六十罢了。日本旧时所谓鬼系是鬼物，乃妖怪之类，可以自少至老，想象有种种的不同，所以有青年鬼女，与青年女子的鬼魂意义是不一样的。

［81］“后生”系佛教用语，三生之一，即是指后世，来世。“后生好”这句话原是说来生幸福，但普通转成一般生活幸福的意思了。

［82］日本语“后生”读音与“五升”相同，因此用作戏谈，与“三升”拉在一起。

厌了，那怎么成呢？死了以后的事情是靠不住的，还不如在这相识的世界上，活到一百岁来好得多吧。”

阿申：“啊，我才不爱呢！我是已经，深深的讨厌了。早一点儿也好，等待着如来老爷的来迎哩！”[83]

阿西：“呃，什么事呀，这么不中用的？说是想死想死的人，真是想要死的不曾有过。等得来迎的到了的时候，就要说请你再等我一会儿了吧。”

阿申：“不会有的。这是真实的事情呀。”

阿西：“死了看看，又想要活了吧？正像称赞轰出去了的媳妇，再说后来的媳妇的坏话一样。夏天来了，说冬天好，冬天来了又说是夏天好了。人这东西是，老是说任性如意话的。——我是总是对了儿子和媳妇这样说给他们听的。你们呀，要在我活着的时间，给我多吃好吃的东西才好。不可等到死了之后，才醒了过来呀。在佛坛前面，[84]放上许多供品，什么芋

[83] 佛教的净土宗信徒根据《阿弥陀经》，相信西方有极乐国土，即是净土，只要一心念佛，死时自有净土的使者来迎，往生其处。净土的主者是阿弥陀佛，但这里与释迦如来混而为一了。

[84] 佛坛本来是供养佛像的地方，但日本一般转用于供奉祖先牌位的小龛，因为人民信佛，相信人死后往生净土，即是成佛，所以称死者为佛爷，佛坛的名字因此也就觉得没有什么不合了。

头呀，什么把擂槌削在里边，[85]成了佛的[86]吃也不吃，没有人知道。忘记了斋日，烤了一大块油豆腐上供，或者放上些年糕，和七色糕饼，[87]还不如在活着的时期，用了初上市的松鱼[88]给喝一杯，倒是更大的功德。哦，老奶奶，是不是呀？因为这么的说，小子们倒也很孝顺，用心的做生意。每天做了买卖回来，总是买了什么，用竹箬包了，阿妈，来喝一杯吧，每晚上临睡给喝一合酒的。”稍为兴奋了，似乎将要流出高兴的眼泪来。“你知道，那小子以前也是有点儿荒唐，现在可是盐沁透

---

[85] 日本人几乎每早必吃酱汤，须用擂槌将豆瓣酱在乳钵内搅碎，因此连木头也吃下去了。出口氏注引用《捞海一得》卷上云，俗语谓上自侯爷，下至贫贱居民，每日无不吃擂槌者。田汝成著《委巷丛谈》云，杭州人一日吃三十丈木头，以三十万家为率，大约每十家吃擂槌一分，合而计之则三十丈矣。是因杭州乃甚蕃昌之地故也，日本用味噌酱，用擂槌亦必很多吧。以此率计算，江户人家吃下擂槌木，每天也当有几十丈吧。

[86]“成了佛的”即是指死者，见上文注[84]。

[87] 七色糕饼，据出口氏注云，旧时信奉庚申神的人，每于庚申日供七色糕饼，其实是七种粗点心，现已没有，只是在大阪神户地方，中元祀祖先供物用七色果子，乃是茄子黄瓜芋头梨柿栗等物了。

[88] 松鱼沿用日本旧称，通常写作鱼旁坚字，系取会意，与古文解作大乌鱼的原字不同。日本将此鱼分片蒸过晒干，刨片用作调味料，坚硬如木，故制此名，中国亦遂称为木鱼。鲜鱼煮食，并不怎么好吃，但江户时代因鲜物珍重，特别在初上市时，市民争先购买，以相夸耀，才隔一日，便价值相差甚远，系当时风气如此，明治后已没有此风了。

了[89]的缘故吧，那才真是规规矩矩的，做着生意。阿爹早死了，这也使得他把身子收紧了。可是在我呢，把他养大成人，老奶奶，那才是积了海山似的多大辛苦呀！这样要是天性不好的小子，恐怕至今还是胡乱的跑着玩，抵不得什么用，幸而早早的明白过来了，为了他和为了我也两面都好呀。而且那媳妇儿也是老实的人，早晚都很留心照顾。这也是一件快活的事。那个是，你知道，龙粪新开路[90]的足右卫门做的媒人，偶然的讨了来，前后已经三个年头了。就是不知道怎的，虽然想望孙子，可是那是不得要领的夫妇呀！那本来是天给的嘛，无论你怎么想望，种子没有是养不出来的，老奶奶，是不是？”

阿申：“那是呀！真是不能够如意的事情。我们家是，我身子不听话，连看小孩的事也一点都不能做，可是隔年养一个啦！真是的，很想能够分给你些呢。先前的媳妇留下的孩子三个，这回的媳妇接连的是两个，而且，你知道，也要有了。只要做生意出力那也好，可是个大酒鬼，三天五天的接连着懒惰，

[89] 比喻说世间的艰难辛苦，于人的经验有益，大概也取义于咸鱼腊肉的作用吧。

[90] 旧时所谓新开路大抵都是小路，只是“穿堂门”一类的路径而已。出口氏注引山中翁说，江户有狗矢新开路，这龙粪云云或者模拟那地名的吧。

这事情就糟糕了。媳妇是在市房[91]一带是有名的大搭拉[92]。自己的小鬼[93]的事一点也不管，专门梳自家的头，让丈夫穿着破烂衣服，小孩的尿布也沁透粪便，一洗都不洗。一吃完饭，便把台子推开，背了小鬼出去了。谁也没有做事的人，没有办法还是我来收拾。借着孩子多这句话，家里的事情一丁点儿都不管。有谁叫他们孩子多的呢？自己高兴造出了许多孩子，还以为了不得哩，真是太不懂事了。你看她那个样儿吧！她也到过你那儿，梳着那个什么香菰姐干瓢姐的头，[94]穿了那仅有的一件儿衣服，直穿到破烂为止。衣服这东西呀，你知道，只要身上弄得干净，就不会显得怎么龌龊，可以穿上洗得干干净净的衣裳的。洗衣服的事且搁下不谈，连怎么拿一根针的方法也并不懂得。因为是做那行生意出身的，[95]大概子女未必会养，

---

[91] 普通住房另立门户，大小自具结构，这里所说市房原名“长屋”，乃是若干家一排，栋宇连接，不过分作数户，有出入口而已。

[92]“搭拉”系直译原文意思，又与北京方言相合，是说衣服拖曳，引申为百事废弛。

[93]“小鬼”原文云“饿鬼”，系从佛教的饿鬼道转出，专门用于小孩，含有侮蔑的意思。

[94] 出口氏注云，旧时江户妇女梳一种香菰髻，系因形似得名。干瓢乃是用圆匏，削片切丝晒干而成，作为肴馔，近似黄花菜。这里因香菰而连及，其实并无此项发髻名称。

[95] 这句话暗示系由妓女出身。

只要教教她，缝纫的事情应该慢慢会得学会的吧，这样的想着，可是什么都学不会。不养也行的子女到养了出来了，叫缝洗一块搌布吧，[96]手里全拿不起来。手里给拿上一根针的话，有如炕席铺的人缝着席边哩。[97]嘴巴可是能说会道，人家说了一句，她就会得回答上十句的话。真是的，真是的，叫人心里焦急哩！你听听吧，在漆盘上边刨松鱼呀，在格子门槛上磕烟蒂头啦，[98]随手抓什么东西来当枕头，毫不客气的睡起午觉来。向火盆中间，呸呸地吐痰，拿灰来团团地转一下子，做成好些圆球儿，由我从后边转过去，挖了出来去扔掉，她就故意地向灶王爷那里面吐唾沫去。因为是半夜才睡，早上睡早觉的家伙，聚集些人，来讲一点都没有趣的戏文，说个不了，末了夜里寒冷，说要吃什么稠卤面[99]了，乱七八糟地吃过一通，睡下去

[96] 搌布常用旧布数层缝成，这里所谓洗，乃是说先将旧布洗过，贴在板上晒干，然后再缝。

[97] “炕席”原文云“塔塔米”，系先用稻草编成底垫，厚约寸许，上盖草席，两面加边，系用麻布以麻线缝钉即成。这种缝边工作，乃是用略弯曲的长针缝钉，比较简单，故用作比喻。

[98] 刨松鱼应用木盘去接，漆盘易有损伤。旧时妇女多吃旱烟，用具仿佛如潮烟管，烟头须磕入贮水的竹筒中。今如磕在隔扇的门槛上，自然就会得要烧坏了。

[99] 这与中国的稠卤面相似，但是卤并不那么稠。大概因为吃时系在夜中，故出口氏注解为汤泡饭，但夜里也有挑了担卖面的，所以可能现叫，或者这比当时要自做的泡饭，还更合于情理，亦未可知。

了的时候就是大声的打呼。同儿子的梦话混合在一起，又加上嘎啦嘎啦的咬牙齿，吵闹得睡也睡不着。这之间孩子们也醒了过来，哇哇的吼叫，这边那边同时都哭了起来。即使如此，如果不是去把她叫醒的话，她也是不会自己醒的。因为是这种情形，每夜一夜里都是吵闹的不得了，老奶奶。”

阿酉：“好了吧！只要那样，夫妇感情还是好的，那么不干这边的事，你就扔下不管好了。你是照管得太多了。”

阿申：“什么，我才不管哩！夫妇感情好，那么论理应该夫妇不再吵架了，可是在母子吵架的中间，还夹着夫妇吵架。本来连回去的地方也没有，便说滚出去吧。[100]那边呢，看透了这些事，便要起皮赖来了。结局是没有罪过的油灯[101]遭殃，本来并不暗，却说嗳，好暗的灯呀，抓了灯心加上去，尽量的耗费这么价钱贵的香油。这边老爷呢又是这边，胡乱出气，每回总要把在旁边的什么器具碗盏打坏了些。补碗的[102]和漆作工人是我们的老主顾呀。这么样还是不行嘛，真是的，我真是

[100] 日本旧时夫权特重，丈夫对妻子有什么不惬意，可以随时休弃，只须给一张三行半的休书，便可以叫她回娘家。这里说女人既是妓女出身，没有什么娘家可以回去，所以只是空骂一通罢了。

[101] 旧时家中都点油灯，外有木框，四面糊纸，可以提着走，称为行灯，也使用灯心，同中国一样。

[102] 见前编卷上注 [153]。

没有一会儿可以安闲的时候。”

阿酉：“嗳，这种事情你老是操心，这是你自己吃亏呀。老是着急，所以不得安闲嘛。你不要顾什么后生，只把这世做得成为天堂好了。你生起气来，[103]家里都不得安静，那就是地狱的苦恼呀。像我这样的做着，可是也还是要给人家说话，说婆婆嘴烦碎嘛。你已经是五十之后，是二十岁了。[104]那么你就算是五十之后的事情，你是媳妇，把媳妇当作婆婆去应付她，就没有什么麻烦的事了。为得要治家的缘故，给儿子娶了媳妇，这之后婆婆就应得远远的退开了才好。总之婆婆如多开口，这家里便难得安静。你是在说想死想死，那么你就算是已经死了好了，再也没有什么麻烦了吧。”

阿申：“老奶奶，连你也帮着媳妇了么？”

阿酉：“咦，谁会得去帮呀！那是你的不平的废话罢了。我虽则是女人，心却是男人似的，我不爱说什么废话。在说这

[103] 原文云“你烧起修罗来”，系用佛教语，与下文地狱相应。修罗系阿修罗之略，原义云非天，乃六道众生之一，性喜争斗，故引申为愤怒等意义。

[104] 俗语云，人生五十年，这里便以此作标准来计算，阿申已有七十岁，即是已过了一世，外加二十年。今如算作第二世了，则正是二十岁年纪，相当于做媳妇的时代。

些话的空儿，还不如来参加大般若建立会吧。[105]因为老在家里，所以不行呀。请你到来，敲着铜锣，大声的唱我们是每天念着佛号呀。[106]你来参加吧，那么精神就舒服了，非常的好。人还是要尽活着下去。那些事情你都扔开好了。嗳，什么都没有好处嘛。——啊，冷起来了。你要上来了么？在十夜[107]那天，请你来吧。反正化缘的和尚会得拿了票子去的。”

阿申：“嗳，我总想怎么的能去哩。”

阿酉：“不是什么总想能去。还是干脆的来吧。”说着，走进浴池里去了。

六　在公馆里当差的女儿的事情

三十岁左右的妻子，显得人品并不很低，正在把人中拉长了，在洗着面颊耳边一带。

---

[105]《大般若经》本名《大般若波罗蜜多经》，共有六百卷，唐代玄奘所译，即是《心经》的详本。这经会不知是如何情节，大概也是一种念佛会，或者可以解作心经会吧。据三田村氏注，这会目的大概是在购置该经，建立本来是说修庙，后来意义渐渐转变了。

[106]出口氏注云，这大概是募化大般若经会时所唱的词句，但关于这事未能详知。

[107]十夜见前编卷上注[75]。

阿戌："啊呀，啊呀，可不是锅姑儿么？[108]那个小姑娘，一会儿不看见，身子便这么长大了。今年是几岁了呀？"

阿雉："嗳，是九岁了。哦呵呵呵！"

阿戌："是放假[109]回来的么？"

阿雉："嗳。是告了三晚上的假，回了来的。"

阿戌："那是很好的。说起舞蹈来，那是从小时候起，出来当差[110]最好啊。是几岁起，上去的呢？"

阿雉："嗳，在六岁的那年秋天，上去当差的。"

阿戌："嘿，你倒是想得开呀。"

阿雉："是呀，带了保姆去的，现在是会得当差了，以前是老是任性，很有点为难呀。"

阿戌："不呀，顽皮孩子是很好的嘛，可是保姆是，那倒是很不容易呀。练习是怎么样办的呢？"

阿雉："嗳，藤间老板上公馆，所以也是在公馆里练

---

[108] 阿锅阿釜是假定的使女的通称，这里大概只是随便使用，在如本文所写的那种家庭中，照例未必用这样名字。

[109] 放假见前编卷下注[8]。

[110] 当差见上文注[75]。但这里是说女孩，情形又略有不同。出口氏注云，大商人的女儿们依据所学得的技艺，声请在诸侯公馆当差，学习礼仪，在江户时期有此习惯。

习的。”[111]

阿戌：“那是很方便的事情。一定已经很有进步了吧？”

阿雉：“嗳，也还是不得什么要领呢。可是这孩子倒是喜欢，所以似乎还觉得容易记得。嘿嘿嘿！”

阿戌：“大概要求要看戏文吧？”

阿雉：“嗳，已经给看了两家了，今天是带了去上庙去的。[112]在这孩子告假在家的期间，什么事都干不了，所以家里的事务全没有办。明天一早，就要上公馆去了。”

阿戌：“为什么，不再去续假，多住两三天的呢？——锅姑儿，哦呵呵呵！真是的，到我们这边，也来玩一会儿吧！阿釜[113]是，刚好年纪的朋友呀。”

阿雉：“嗳，多谢了！真是的，阿釜姐也简直是个大人了。每天在好好的出去练习吧？”

阿戌：“嗳，光是个儿长得高了，并不变得老实。喂，练习呀，啊，练习吧，那么的说了，这才肯去练习。总之是懒惰得没有办法。而且，你知道，没有缘分。当差的地方总容易跑

---

[111] 藤间是舞蹈的一派，祖师勘兵卫系藤间村出身，故名。

[112] 上庙原意是往寺里烧香，但因日本旧时各家祖坟都附属在寺院，所以这里说上庙，即是等于去叩拜祖先坟墓。

[113] 参看上文注[108]。釜在中国俗语也叫作锅（南方或称为镬），大抵锅深釜浅，或者二者区别就在这里吧。

掉。这边想要去的，那边不成功，中了意的时候呢，这边又不答应。屡次出去试手[114]，总是有了什么障碍，……哦呵呵呵！实在是很麻烦的事儿啊，哦呵呵呵！”

阿雉：“不呀，什么事情都有缘分，务必请你宽心等着好了。可是，当差真是难得的好事情呀。并不要怎么教训，举动自然的规矩起来了。在家里无论怎样严格的说，总之有些行为礼节改不过来。上到公馆去，住在那里之后，一切举动自然而然的与前不同了。还有，你知道，这孩子上去的公馆，大概是俸禄[115]很高吧，所以才是十分富贵哩，从津贴什么起，一切都十分优厚。而且那房间的亲娘[116]是个性情很好的人，把这当作自己的孩子一般看待，种种照应，所以当差很是容易。还有夫人[117]看见她中了意，不叫她的名字，却叫她作小顽皮，什么小顽呀小顽的叫，每逢客人到来的时候，都说起这孩子给她夸耀。这真是十分难得的事情。从小就给上去，让放在那里

[114] 试手原系指雇用工人时，先来试工几天，试后再行决定雇用办法。

[115] 俸禄系旧时日本指诸侯以下，每年所领受的禄米数，多的有数百万石，从所管辖的土地上去征收来。这里所说大概是一种小诸侯吧。

[116] 在侯府即公馆里，夫人底下有许多使女，高级的是“奥女中”，即是上房侍女。虽说是使女，差不多是女官，在她手下又有些使用人，上文注[110]所说大商人的女儿也就大都放在她们的手下当差，干点小事情，一面由她照顾教育着。她们有各自一部分房间，又仿佛是那些少女们的母亲，所以有此名称。

[117] 夫人即是公馆的主母，如果是小诸侯，那么就该是侯夫人了。

的恩典，生前要是忘记了，那才真是对不起哩。可是呢，服饰都是要讲究的。而且以前的衣服又渐渐的小起来了，这样那样都要从现在起，同大人一样的从头制办，哎呀哎呀，那才是大大的头痛呀。”

阿戌：“是呀。可是，渐渐的顺着长成起来了，这孩子穿旧的衣服可以给妹子们去用，倒也并没有什么浪费。可是在阿爹总是件痛事[118]哩。哦呵呵！——真的，到我们这边来玩一会儿吧。叫我们的阿釜给弹琴，请姑娘舞蹈一回看。我倒是很想看看呀！”

阿雉：“嗳，多谢了！——喂，回话呀，这孩子！”

女儿：“嗳，多谢了！”

阿雉：“釜姑儿琴也弹么？”

阿戌：“嗳，学了生田派的，可是近来又到山田派[119]那边学去了。已经取到中级许可了。”[120]

阿雉：“那是很好的。——你请来说话吧！”

---

[118] 如出口氏注所云，父亲因为要多花钱，所以腰包里很觉得有点痛吧。

[119] 日本的所谓琴与中国的古琴不同，其实是一种筝，因为这名称不通行，所以仍旧用了琴字。在筑紫地方兴起，由僧玄恕传于盲人八桥检校，后益流行，分为各派，山田是其中重要的一派。

[120] 山田检校学于生田，独创新派，故名。原文不说山田，却用声音相近的尼驮二字，今简单的写作山田了。

阿戌："嗳，多谢了。"——二人别去。

七　上方话和江户话的争论

上方系统[121]的女人，身体稍矮而胖，脸色白，嘴唇厚，眼边搽淡胭脂，口红浓得黑色发光，很粗的簪子用白纸重重包裹，为的怕玳瑁受湿要翘的缘故，用了很可爱的声音说话。

上方："阿山姐，了不得的冷呀！不晓得为了什么，这几天肚皮情形不好，每夜里就肚痛，真是很苦恼。因为这样子，想到澡堂里，来温暖它一下子，所以泡了好许多回了。——阿山姐，你看那个吧！在那家的[122]旁边站着的，那小娃子。不知道那是什么颜色呀？"

阿山："那个么？那是，蓝里带红的红青色呀。"

上方："那是很好的颜色啊。"

阿山："是叫作什么淡紫的，漂亮得很。"

上方："是很雅致的嘛。我是顶喜欢，顶喜欢那江户紫的。[123]我很想那么样的一件衣服。——阿山姐，你转过身去吧。"

---

［121］参看上文注［65］。这女人生于京都，后来住在大阪，是道地的上方人。

［122］出口氏注云，那家的是京都大阪方言，是说人家的内室，意云太太。

［123］江户紫是江户特有的一种染色，紫中多含蓝色，与所谓京紫的多含赤色的不同。

阿山:“你给我擦洗背脊么？那是太对不起了。”

上方:“怎么的，你倒是胖呀。”

阿山:“讨厌啊！胖子我是讨厌透了，还想喝了醋，让它瘦一点儿呢。”

上方:“是么，胖子岂不好么？”

阿山:“可是，你瞧，袅娜，苗条，岂不还说是什么柳腰么？”

上方:“是么？我倒是觉得不会伤风是很好哩。要是谁来和我赛跑，我还是躺倒了滚着，或者更快一点吧。”

阿山:“啊哈哈哈！——已经打了四点[124]了么？”

上方:“你说什么呀？早已经打过了。一会儿就要是正午了吧。”

阿山:“是么？日子真短了！”

上方:“可不是么？——这里出去之后，不到我那里吃饭去么？照上边[125]的做法，想做了圆的[126]来吃，说了不晓得多少遍，家里的[127]总是闭了耳朵不听见，今天不知道为什么，说煮了圆的给吃吧，既然这么说了，所以中午是吃圆的呀。”

---

[124] 旧式四点即上午十时，参看前编卷上注 [68]。

[125] 上边即指上方，口气里含有优越的意味。

[126]“圆的”，可以译为中国的圆鱼，惟原文不曾说穿是鱼，所以这里保留了原意的直译了。

[127] 参看上文注 [66]。

阿山："圆的，是什么呀？"

上方："本地是叫作甲鱼嘛。你也吃吃看。"

阿山："啊呀，讨厌，怪可怕的！什么甲鱼，我看也不要看。你说煮圆的吃，我还以为是麦饭呢，原来乃是甲鱼么。啊，想起来也不愉快。在江户呀，漂亮的叫甲鱼是说盖子哩。"

上方："什么呀，盖子？盖子是怎么样的东西呀？"

阿山："因为像是盖子，所以是盖子嘛。上方说圆的，那是什么缘故呢？"

上方："壳是圆的，所以是圆的嘛！"

阿山："那么，两方面都是一半一半的牵强附会啊。"

上方："是啊！本地叫作什么甲鱼羹，甲鱼羹的，[128]我以为是怎么样做的哩，真是好笑，这并不是羹汤，原来就是上方所说的滚煮嘛，咸得要命，真不好吃。照了上边的做法做去，没有这样没味儿的东西。第一是用淡清酱[129]的，所以当作下酒的菜，那是顶好的。我是顶爱，爱吃这物事的。就是鳗鱼，本地的也只是柔软，没有什么味儿，说起上边的鳗鱼来，不是这么

[128] 甲鱼羹只是名称如此，其实是一种素菜，一名滚煮，系用芋头慈菇之类，用酱油煮干，所以味道相当的咸。

[129] 清酱系北京俗语，即是酱油，今借用。出口氏注引山中翁说，淡酱油在江户普通不用，大抵用一种浓厚的酱油，上方称为滴油的，但在京阪地方则不使用云。

样的东西。有名的地方是，京都二条的鱼池，大阪的大正，[130]此外鱼店虽然还有很多，说起上等的，那就是这几家了。怎么办的呢，用铁串上穿了拿来烧烤，烧好了之后，再适当的切作几段，装在大平碗里，紧紧的盖好了拿出来，无论怎么样也不怕会得冷掉了。”

阿山：“在江户是，这样子的小气事情是不流行的。江户前[131]的烧鳗是，把热腾腾的出热气的鱼排列在盘子上拿出来。吃着的时候冷掉了，就那么的搁下，吃那再要来的刚烧好的，那才是江户子的办法。冷掉了说拿去喂猫吧，用竹箬子包了拿回去的，那还是很善于打算的人呀。”

上方：“是这样么？那么，这算是什么江户子呢？要不让有什么废物，那才是可是自夸呀。好阔气的说什么江户子，从上方人的眼睛里看过来，可全是不行啊。自夸的事情都是颠倒的。所以说江户子是不中用的东西嘛。”

阿山：“不中用也好嘛。生为江户人，可以感谢的事情是，从生到死，决不离开诞生的土地一寸，嗳。像你这样的，生在京都，住过大阪，又转到各地方去混过，终于来到这难

[130] 鱼池系饭馆养活鱼的池子，这里大概用作店号，在京都二条地方，原文只云京，今用意译。大正据注云是有名的鳗店，在大阪道顿堀。

[131] 江户前见上文注 [15]。这里用于鳗鱼，系是本义。

得的[132]江户，一直在这里生活。所以你们是被叫作上方的赘六[133]的嘛。”

上方：“赘六是什么事情呀？”

阿山：“是赛六。”

上方：“赛六是什么事情呀？”

阿山：“不知道就算了吧。”

上方：“嘿嘿，关东呗[134]叫赛六作赘六，真是怪话呀！意外[135]也读作意伟，观音菩萨读作观农菩萨，这算是什么事啊？因为这样，因为那样的说，喂，那个因为[136]是什么事呀？”

阿山：“因为这是因为，所以说因为嘛。就是说缘故呀。

---

[132]“难得”日本语又含有可感谢的意义，与上文“生为江户人”云云相应，但两处译文不能统一了。

[133]赘六或云赛六，系江户人嘲骂上方人的话。一说此系大阪商民自负的话，后来成为诨号。德川家康时，丰臣氏子孙末后据大阪城抵抗，终于灭亡，因此大阪人备受奴辱，及后经太平时代，商人渐占势力，几乎凌驾武士，因此放言武士所有甲胄弓箭刀剑六者，在他们都是赘物，所以称为赘六云。“赘六”原读作 zeiroku，后又转为“赛六”（sairoku），平常因江户人读“埃”音（ai）为“呃”（ê），遂以为赘六系赛六之转变，如上说则赘六乃是本称，现今一般也通称如此。

[134]江户话多呃音，又，“可以”（beshi）也读作“呗”（bei），故俗称关东呗，或呗呗话，即是指江户话。

[135]原文云“虑外”，亦可解作无理举动，根据注[133]所说，riogwai 读作 riogê。“观”“音”（kwan-on）二音连读成为 kwanon，乃系另一音例。

[136]江户语“因为”读作 kara，上方则读 sakai，故成为争论，但此实系从古语出来，并不是简单的方言。

那么上方说的萨凯[137]是什么事呀？”

上方：“萨凯是，是说物事的界限呀，嗳。物事的限度是萨凯，所以说这么萨凯，就是这样的界限啊。”

阿山：“那么，我说吧。江户话的卡拉你觉得可笑，在百人诗[138]里的歌词上，是怎么说的呀。”

上方：“喂，喂，又是百人诗来了！那不是诗，是《百人一首》呀。可是，还没有说是白人诗，那倒是还有出息的。”

阿山：“那是我说左了。”

上方：“不是说左，[139]那是说错了。真是十分的难听。在看着戏的时候，说什么现在是你的最后，[140]你觉悟吧，什么台愿成就，感激不尽，[141]还有飘亮的人[142]随口说什么万岁咧，才藏

---

[137] 萨凯即 sakai，上方语用作“因为”解，作为名词，意云界。

[138]《百人一首》系和歌选集的名称，顶有名的是藤原知家在十三世纪中所编，定家所写的所谓《小仓百人一首》，普通略称《百人一首》，流行之广可与中国的《唐诗三百首》相比。江户人说话将一字音略去，首字由 shu 变为 shi，因此读起来转讹为“百人诗”了。

[139] 原文在发音上稍有差异，表示讹俗，今就译语中设法表示，尚觉可通。

[140] 出口氏注云，戏文中常用的套语，在将要杀人的时候，对人威吓用语。“最后”（saigô），江户读作 segô，这里所嘲笑的即是此事。

[141] 这也是戏文常用的套语，用于盗贼胜利的将宝物偷盗到手的时候。江户语读“大”音为 dê，今姑偷借用台字表示，如作南方音读便合。

[142] 上方人读“立派”（rippa）为 gippa。下文“批品”也是如此，见下注[144]。

咧，[143] 也没有人批品，就那么算了。”

阿山：“那个那个，上方也不对，不对。什么批品？你说希卡路，[144] 那是闪电么？奇怪呀！江户是说批评——西卡路的。嗳，不是说那种词儿的。”

上方：“飘亮，批品。的确，那是我错了。——那个，《百人一首》却是什么事呀？”

阿山：“就是说那因为的一句话呀。你好好的听吧。《百人一首》的歌里，有文屋康秀[145] 的一首说：——因为风吹了，秋天的草木都枯萎了，……喂，因为风吹了，好么？说风吹了的缘故，所以道因为风吹了的啊。无论上方是说萨凯萨凯，可是歌里不说风吹了萨凯，秋天的草木都枯萎了。”

上方：“对啦，这样说来，似乎你所说的真是正当的了，可是要说呢，自然也有什么可说的。”

阿山：“说台愿成就什么的，也总比较说伶俐是令俐，说

---

[143] 万岁舞系新年的一种民间歌舞，略称万岁。演万岁舞的人称为才藏，盖节取岁字，下加藏字略拟人名，后字变为才藏。岁才原音皆读作 sai，江户转读成为 sê 音了。

[144] “批评”原文作“叱”，正音为 shikaru，上方人读作 hikaru，所以是错了。后者写作光字，所以本文说是闪电。

[145] 文屋康秀是九世纪的一个歌人，所作收在《古今集》中，其中最胜者共有六人，后人称为六歌仙，文屋位居第四云。

漂亮是飘亮，说狐狸是呼狸，要好些子吧。因为这与什么五音相通[146]之说是适合的，不算怎么不合理，近来有博学的人这样的说过嘛。什么延引说延宁咧，观音说观农咧，在母音上边加上唔字去，因为五音相通，恩奈（恩爱），观农（观音），延宁（延引），善诺（善恶），便都变成这样了。他这样的教导我们，所以在你再嘲笑江户话的时候，想来整你一番，我早就是等着的。”

上方：“是么？那么，观农也好，卡拉也好吧。可是，还是那关东呗，怎么办呗，这么办呗，去呗，回去呗，这简直是不像样子呀。”

阿山：“这个也是，在什么《万叶集》，还有以外的神代的书里，[147]据说也有呗呗话哩。呗就是说贝西——可以，去呗回去呗是说可以去了，可以回去了的意思，就是现今，听说做什么万叶派的歌的人，也还使用呗呗话哩。这是我也在那时候一起听说到，在家里记了下来留着，所以请你来把这些歌词看一下吧。俗语里有‘叫什么’——难丘这句话，这丘字乃是叫——

[146] 五音相通即是说双声字的通变，所谓五音乃是指五个母音，如大可以变作台等。但下文所说却另是一例，第一字的末音与第二字首的母音拼合，与五音相通说便无甚关系了。

[147] 出口氏注云，殆指《古事记》中的神代卷，但在《万叶集》及以前的古书中有无说及，未能详知，只是《源氏物语》卷八花之宴卷中曾有此字云。

笃由这音的紧缩，倒是古话，所以据说是很有来由的哩。”

上方：“什么呀，那呗呗话有什么道理么？”

阿山：“没有道理也行呀。你不相信，请到我们家里，去看一下那笔记吧。”

上方：“嗳，去看一下吧。你不赌点什么输赢么？我如果输了，我出甜酒，或是大福饼。[148]你呢，你又出什么呢？”

阿山：“出是什么呀？”

上方：“那是请客呀。”

阿山：“是你做东么？”

上方：“对啦。”

阿山：“唔，我若是输了的话，就奋发一下子请两钱银子[149]的鳗鱼吧。”

上方：“那是很好的！”

阿山：“啊，痛，痛，痛！啊，真是痛呀。你是，高兴起来，拼命的擦起背脊来了。好了好了。”

上方：“哈，哈，哈。趁了高兴，啊，真累得很。”

---

[148] 大福饼系一种极普通的点心，用糯米煮饭捣烂，中裹豆沙，略如南方的麻糍，价廉味美，通行民间，妇孺尤为爱吃。

[149] 原文云二铢，日本旧时币制，银一两分为四步亦称为分，每步又分为四铢，一铢值一两十六分之一，两铢计值银一钱二分强，译语改用了整数。

阿山："喂，你把背脊拿过来吧。"

上方："要报复了么？胡来是不行的啊。这是怎么的，阿山姐！痛，痛！是薄情的人儿！要是麻烦，就丢开了好了。痛，痛！这是怎么的？痛得受不了，因为那里有灸疮嘛。真是擦背的好手。痛，痛痛痛！"

八　女孩们的办家家[150]和拍球

看管小孩的女孩子，在主妇给婴孩擦干身子的时间，坐在衣服的旁边，摊开了单幅布做的衣衫，[151]在捉虱子。在她身边有七八岁为头，和六岁左右的女儿，一共四五人，竖着从江之岛买来的贝壳小屏风，[152]在小香合上边铺了洋娃娃的衣服，[153]给娃娃睡了，盖上棉被。用稻草做成的大姐儿[154]，把纸揉皱了，

[150]"办家家"是北京话，南方有地方叫作"办人事家"。日本通称"饭事"，便是学做饭做菜玩耍，这里却称作"邻家事"，因为是在学作邻家来往模样。

[151]小孩衣衫只用单幅布裁，与在背心缝合的双幅布所裁的不同。

[152]江之岛在镰仓附近，系陆地边的一小岛，上有神社，但以辨才天得名，其地出产各种贝壳，制成玩具出售。

[153]香合原系盛装香末的盒子，普通用以称一种小盒，用纸板糊成，上贴绸片或色纸，底面套合而成，充作女孩玩具。洋娃娃今袭用普行的新名词，因为别无适用的字，虽然洋字的意义不很妥当。

[154]"大姐儿"乃是直译原意，大抵系指女孩们用布片稻草等所自制的玩具，形状具如本文所说。

做成岛田髻，圆髻，变样岛田髻，以及轮形髻，[155]拿火柴[156]做了梳子和簪给插上了，用梳头用的旧布片，当作腰带，给系上了，又给解开，说着大人样子的话，在玩着办家家的游戏。

阿春：“宝宝，乖乖的睡觉吧。早上醒过来的时候，给你阿番[157]当早点心吧。哎呀哎呀，又醒了么？为什么不睡的呢？阿夏姐，阿夏姐！——哎呀，不是这么的！隔壁的太太，我呀，我们家里的这宝宝，总是哭着，没有法子！”

阿夏：“那么，你给安上烫烫的[158]好了。”

阿春：“嗳，嗳。那是很可怕的呀！说是烫烫的。哦，可怕呀！早点睡觉吧。大野猫来啦！——嗳，嗳，宝宝是已经睡了。”

小孩中间有坏脾气的讨人嫌的，把年纪小的弄哭了，或是把要好的从中分开，有名的多嘴的鸦头[159]，叫作阿嫌的大麻脸，是小孩们的首领。她用手把青鼻涕往旁边搪开了，再拿手

---

[155] 旧时日本妇女发髻样式繁多，以上几种在当时最通行，维新后改为束发，除艺妓等以外，旧式渐渐将归于消灭了。

[156] 在洋火通行以前，日本与中国一样，多用火柴，亦称发焠，用易燃木质削为薄片，上端削尖成牙璋形，略蘸硫黄等引火物质，就留存的炭火上一碰，即可发火。北京旧称取灯儿，洋火则称为洋取灯儿。

[157] 阿番即番薯的俗称，妇孺常用，见上文注[51]。

[158]“烫烫的”系小孩语，指艾灸。旧时教育法常用艾灸恐吓小儿，认为艾灸无伤大体，可以替代体罚，可能也有人实行，于臀部施灸者。

[159] 原文云“阿摩”，读如阿玛，意云尼姑，系对于女人骂詈或轻蔑之词。

去在膝边衣服上去擦。

阿嫌："哎呀，哎呀，哎呀，哎呀！我是不愿意，我是不愿意。阿春姐什么真是任心任意呀！你本来不是太太嘛。阿夏姐和我才是太太，你本来是当老妈子的。阿秋姐，是不是？"

阿秋在大家中间是个老实的，不中用的人物："嗳，是的。可不是么，阿夏姐。"

阿夏在大家中间乃是聪明的："怎么样，我不知道呀。"

阿春："哎呀，哎呀，哎呀，哎呀！并不是这样的呀！刚才决定的是，我是该当太太的。那么着，我是不答应。我不再同你玩了！"

阿冬对于两边都附和，是个骑墙派[160]："嗳，好吧。阿嫌姐，你不玩也行吧？"

阿嫌："嗳，行啊。本来一点都不发愁嘛！"

阿夏："阿春姐，你忍耐一下子，当着玩吧。就是当了老妈子，反正大家都轮着当的，这样也行吧。你到下回，再当太太好了。"

阿春："我不愿意。阿嫌姐和阿冬姐说那么的话嘛。"

阿冬："我说什么了？"

---

[160]"骑墙派"系意译，原文云"大腿内面的膏药"，意思是两面都粘着。

阿春："刚才不是说了么。"

阿嫌："好吧，你扔下吧。对这样家伙，你别再理会好了。"

阿春："那么，刚才送给你的东西，都还我吧！"

阿嫌："嗳，还你！我不要这样腌脏的东西。"拿出锦绸小片来扔下。

阿春："阿冬姐也把刚才的东西还了！"

阿冬："嗳！"从袖底[161]同末屑一起，掏了出来："三弦丝线的末屑什么，有什么用场！阿嫌姐，是么？"

阿春："还我好了！从此以后，不管怎么的说给我吧，什么都不再给了。"

阿嫌："屁，屁，屁！"引长了说。将嘴唇翻出来，从额角底下瞪着眼睛看。[162]

阿春："左性子[163]的家伙！"

阿嫌："生气的老婆子！——小偷儿，小偷儿！今年的小偷儿是疏忽不得！"

---

[161] 日本旧式衣服的袖子是很大的，本应照古文写作袂吧，这样式与僧衣的大袖相似，不过底下一部分前后都缝合，所以可以安放零星的物件。

[162] 小孩对人表示轻蔑反抗，辄将下嘴唇噘起来，说道：毗，毗，毗！因为音近今写作屁字，其实与这本无什么关系。从额角底下看人，也是小孩常用的一种态度，表示憎恨的意思。

[163] "左性子"系北京方言，含有心怀嫉恨，故意别扭使坏等意味。

阿春："我什么时候偷了东西了？"

阿冬："给缺牙齿的老婆子喝茶吧，给缺牙齿的老婆子喝茶吧！"

阿春："缺了牙齿，也不干你事！"把嘴唇噘出了。——"阿秋姐，阿秋姐，这边来吧。这块绸子送给你。"

阿秋："嗳，谢谢你！"

阿春："你同我一起来玩。我们玩办家家吧。"

阿秋："嗳。"

阿嫌："瞧你那样子！[164]阿秋这浑家伙！阿夏姐和阿冬姐不要去，来同我玩耍吧。玩什么好呢？"

阿冬："嗳，我们拍球吧。"

阿秋："好吧，同了你两个人来玩办家家吧。"

阿春："嗳。那么样的傻子，不让加入我们队里的啊，阿秋姐。"

阿冬："喂喂，我们来拍球吧。"

阿夏："恢复和睦吧。吵架是不行的。"

阿嫌："别管好了。——喂喂，唱歌吧，大家都唱起来。——

[164] 此句系直译，多用于看到敌人失败，表示快意的时候，但也用于骂詈诅咒，如此处便是。

一二，三四，五六，七八，还有九和十呀，二十呀，三十呀，四十呀，五十呀，六十呀，七十呀，八十呀，九十九贯目，[165]手头三十六，正在你的面前了一百了。——一二，三四，五六，啊，掉了下来了！”这时候，决定次序的比赛已了。“你是第一，我是二，阿冬姐是三呀！”

阿夏：“啊，唱什么好呢？来唱大门口[166]吧。

大门口，扬屋町，

三浦高浦，米屋的倌人，

道中都是非凡的华丽。[167]

仰起头来看时是花紫，

相川清川，逢什么的逢染川，

锦绣集成的龙田川。[168]

---

[165]“贯目”如作重量计算，即是一百两。但如作为数目，在币制上一贯即是一千文，这里下文又作了一百，儿歌上的意义多不可解，此亦是其一。

[166]“大门口”这里特别是指江户吉原（官娼集中地）的大门，此歌用“大门口”一句起头，故名。

[167]扬屋町是吉原的一条街名。三浦等当都是妓女的名称，出口氏注对于儿歌全无诠释，故不能详。“道中”犹云行道，是吉原的一种宣传行事，每年在一定的三天日期内，有太夫称号的高等妓女穿着盛装，围绕着男女侍从，打着日伞，从京町至江户町走一个来回，称为道中。

[168]花紫以下，似都是“太夫”的花名，龙田川以枫树红叶著名，故今双关的说及。

这个呀，那个呀，

请看对面，请看新川吧！

张帆的船两只接着走，

那船里载着倌人，载着小倌人，

后边跟着大的官船。

喂，停住吧，船夫停住吧！

停住了给你五升[169]。

五升不要，三个五升也不要，

听了你们天就要晚了。

天晚了，月亮出来了，

这就是郎君的真心啊。

这样一百了，

啊，二百了，

啊，三百了。（中略。[170]）

总计起来，借出了一贯了。

大染坊的清老板，[171]

---

[169]“五升”大概是说酒，不是说米，虽然本文中不曾说明。

[170]“中略”系原文如此，非是译者略去。

[171]出口氏注云，此处系另一首儿歌起头。歌的意思比前者更不易解，因为没有唱下去，此亦是一个原因。

主人和清客都在清水六角堂，

大妓楼的松树底下，

听着人们的声音。

啊，一百了。——啊呀，掉了下来了！”

阿冬：“白粉白白的，白木屋的阿驹姐，

还有才三老板，[172]

店里是丈八拿着笔，——啊呀，掉了下来了！”

阿嫌：“远呀远州的大老官，

说是油店[173]的孙子，

是说也说不出的漂亮的汉子，

夏天也穿布袜子，

底下是散纽的皮底拖鞋，[174]

帖哩嗒啦架子在走路。——啊唷，掉了下来了！真是要叫人生气！”

---

[172] 旧剧《恋娘昔八丈》中的人物，阿驹与才三要好，把她的丈夫喜藏毒杀了，将要被处死刑，那时前夫的旧恶发觉，得被放免。丈八是白木屋店里的一个伙计，在剧中出观。

[173] 这一首儿歌的头两行疑问颇多，今取其大意，未必确实，“油店”原文云“油万朱”，未知何解，不见于字典，出口氏亦无注语。

[174] 原文云“雪踏”，意云雪地穿的下驮，参看前编卷下注[39]，是同类的物事。

阿春："痛快得很！"

阿嫌："别管，你这小东西仔！——这回，阿夏姐，我们来唱这歌吧：京京京桥呀，中中中桥，阿夏十六岁，那大袖子的衣衫啊！"

阿夏："嗳，那歌好吧。"

这边的两个人是在办家家，装作街坊串门子。

阿春："隔壁的太太，你好么？"

阿秋："嗳，你来了么。哎呀哎呀，请进这里边来吧。"

阿春："嗳，这是红豆饭[175]，只有一点儿，略表贺意罢了。"

阿秋："嗳，嗳。你这做的真精致呀。"

阿春："请你多多的用吧。"把带的结子移到前面来，[176]用红布做的猴儿枕头，[177]背在背上，很为难似的一面唱着儿歌："宝宝老是爱哭，真是很对不起。——且来看着山，给把一泡

[175] 旧时风俗，有什么喜庆事情，家中用赤小豆蒸饭，并分赠亲友邻居，称为赤饭。

[176] 日本妇女衣上系带，带结甚大，放在背后，这里因背负不便，故将结子移到前面来。

[177] 日本女孩自制玩具之一，用长方红布，四角均各并折缝合，装满棉花，再将中间缝上，另以布裹棉花作圆球，缝着前边两叉的中间，作为头部，便成为猴儿形。因为状似枕头，所以这里如此说，小孩则常当作娃娃，或抱或背，本文中即如此使用。

小便吧。这里是有花木很多的山嘛。好吧，好吧，好吧，好吧！这里是走过咚咚桥[178]的地方。现在是，要从山上渐渐回家去的路上了。喂，撒尿吧，唏！（拉长。)”

阿秋：“太太，你就要回去了么？”

阿春：“那个呀。现在还没有回去哩。刚才是在山上，看着花哩。”[179]

拍球的女孩子们看着这边，阿嫌：“那样子！荸荠芽头[180]的太太，哪里有哇！阿冬姐，你看那个吧。把扫帚棒折了来，当作筷子，在小酒盅里装一点垃圾，说什么是赤豆饭，太太，只有一丁儿！[181]看那样儿！”将嘴唇翻出来，学着说话。

---

[178] 这或者可以说是旱桥吧，江户地面高下不一，往往有两边高地，中间夹一通路，有如山谷，两岸往来须架桥梁，不过下面不是河流而已，因为大都是木桥，走起来咚咚作声，故有此名。

[179] 日本看花，有杜鹃、牵牛及胡枝子花各种，但以樱花为多，所以普通说看花，都是指樱花。

[180] 小时候儿童剃去头发，只留顶上一块，以头绳束住，称为“芥子坊主”，意云罂粟和尚，盖谓形似罂粟。荸荠芽头系南方形容幼儿小辫之词，今姑且借用。近松所作历史剧《国姓爷合战》中，有句云，“鞑靼头的芥子坊主”，乃用在辫发上。这剧是叙郑成功扶明灭清的，成功曾受明帝永历赐姓，在日本称为国姓爷，很有名望。

[181] 阿嫌故意学说阿春的话，将字音弄错，这里原语是　　“太太，只有一点儿。”

看管小孩的女人看不下去：“阿嫌姐，别说那么左性子的话。你总是欺侮年纪小的人。大家和和气气的玩着吧。那么分了开来，这伙伴就拆散了。一起去玩着吧！”

阿春，阿秋：“嗳！”

阿嫌：“用不着你多管事！别麻烦吧，你这烂眼边！”

看管小孩的：“真是的，真是岂有此理的孩子！因为这样，所以受男孩的欺侮的嘛。说的无赖鸦头，正是你这种人啦！”

阿嫌：“我就是无赖，也犯不着你，呸！”吐了一口唾沫，逃向门口去，刚走了三步，就哇的哭了起来，一直跑回家去了。中途停止了哭，等得走到了自己家的横街口，又从新哭起，哇，哇，哇的拉长了哭叫。

阿春：“大家不到我家里去么？”

阿夏：“嗳，我去。”

阿秋：“我也去。”

阿冬：“阿春姐，你让我也来入队吧！”

阿春：“嗳，请你也去。”

骑墙派，不中用的人，聪明的和笨的，都发出大声来唱歌：

“俺们回家去吧，

蛤蟆要叫了！[182]

俺们回家（拉长。）去吧，

蛤蟆要叫了！”

[182] 出口氏注引山中翁说，以前江户市中多有蛤蟆，每到傍晚，各处都叫了起来，在屋外游玩的小孩便这样的说着，各自回家去了。这歌至近时还存在，虽然事实上已经没有蛤蟆叫了，因为日本语“回去”与“蛙”都一样读作卡厄路，儿童对于双关的字感到兴趣，所以一直到后来还是唱说着。

二编卷下

九　多嘴的大娘[1]和酒醉的丈夫吵架的事情

被人家称作女流氓的，多嘴的大娘阿舌：“大娘，你来了么？喂，筑日屋的大娘！”

对人很冷淡的大娘阿苦：“嗳。”只回答了这一声。

阿舌：“今天给我们希罕的物事，真是多谢了。一直只是收受你给的东西，什么都没有还报。而且，那个腌小菜，[2]又是多么味道好呀！那个是，请教，是怎么的腌的呢？真是了不得的高手呀！”

阿苦：“什么，本来是不值得送给人的东西，……”

阿舌：“怎么样才会得那么的好吃呀？——啊呀，阿泥姐，你真早呀！”

阿泥：“阿舌姐，你早呀。你怎末啦？”这个女人是莫名

[1]“大娘”系借用南方方言意译，原语系指一般中流及以下的人妻，也可以用于对称。此语本来也可译为普通通用的“太太”，南方民间称出嫁的女人为“太太们”（并非太太的多数称），便是一证，但因易于误解，所以改用别的译语了。

[2]腌小菜大抵是用萝卜黄瓜腌制，一般是放在糠味噌里边，这或可译作糠糟，乃是用米糠和水加盐，以腌各种瓜菜。旧称这种小菜为香物，虽然本无香料，俗语或转为“香香”，上加御字。

其妙的出身，[3]她的说话很有些特别。

阿舌：“怎末啦？就是这末啦呀！”学她口气说话。

阿泥：“就是你怎么样就是了。真会寻人家说话的缺点。好不讨厌！”

阿舌：“好不讨厌，也说的好浑，不讨人喜欢！”大声的嚷说。

阿泥：“哎呀，我求你吧，阿舌姐！你这算是在干的什么呀？”

阿舌：“我是在学你的说话呀。”

阿泥：“真的么？你真好管闲事呀。这将来自然会得改好的嘛。”说着话，走进浴池里去了。

阿舌：“是么？会得改好的嘛！这可是容易不会治好哇。——喂，米糠袋借给你用吧？”

阿泥：“我有哩。”

阿舌：“你好好的丢我的脸。三年都不能忘记，你记着吧！——阿鸢姐，阿鸢姐！你已经要上来了么？再等一会儿

[3] 这里说阿泥是妓女出身，俗语说“泥水生意”，名字也含有此种意义。江户旧例，吉原妓女使用一种言语，与江户方言稍有不同，但这里所指并不是这个，只是语音小有差异而已。

陪陪我吧。现在要去再泡一下子，我们一块儿上来好吧。——喂，喂，昨夜的事情谢谢你。那个，我们家里的那人，我告诉你听。胡乱的喝醉了回来，一跨进门口，就大字那么样的躺倒，说种种无理的话，和人为难。末了你道是怎么样？说还喝的不够，叫再去买酒来。什么啊，你想，从怀里掏出钱来，”这个女人说话断续不清，读者要请自己留意文法拼法才好。“说俺自己去买吧，说着要去穿草鞋，我把他抱住，说你这东西坏心肠什么的。醉得一塌糊涂的，连说话都说不清楚，直嚷有什么可笑，[4]酒什么我是看也不看，只这么说，就把我抓住，往屋里一扔。你想看，油灯也翻了，阿咧[5]也哇哇的吼起来了。哇，点灯！这样说着，正要用铁勺里的水泼过来，这一下子把汤罐也打翻了，茶炉[6]和吹火筒弄得全是灰了。这之后邻居的阿蛸姐[7]跑了过去，点灯喽什么喽的干了

[4] 这里叙说有点缠夹，大概以下系男人所说，虽当初要添买酒来，后来生气，故说话相反。

[5]“阿咧”系译意，原语云 obeso，系指小儿咧嘴欲哭，本文说她哇哇的哭，所以使用这个名字。

[6] 汤罐实在是热水壶，搁在炉上，专供烧开水用，大抵是圆形或扁圆形的。茶炉只是木箱装灰，中置炭火，有铁架上放汤罐，不是正式的炉子。

[7] 蛸字系原文如此，义云章鱼，北京称八脚鱼，因有很大的吸力，旧时日本以称女人。中国无适当译语可用当人名，姑从原本，据《尔雅翼》亦可作鱼名，虽然所指乃是别一种乌贼。

起来，他倒是太平无事了。我也是心里有东西[8]的人嘛，不能就那么答应了。什么呀，说什么多嘴的鸦头[9]，真是太胡闹了。这边是，嘴有八张，手也有八只的。[10]是太太们中经过劫来的，[11]所以和别处的大娘们办法不是一样的呀。是肚里喝满了泥水[12]的女人嘛！什么也不想的就是一顿打，可是就让他同病狗一样的，打杀了就算，那也不成吧！我这么那么的说了些，你听听吧，拿起棕扫帚[13]来，把人打得个半死不活。现在也还是身体疼痛的不得了。你看这个吧，长了这么

---

［8］原文直译意云，也是有虫子的，这虫字是指心胸里的一物，这里可解作心或魂灵，如云虫子不答应，即是说心中不许可。这虫字的由来，可能与中国古时道士派所说的“三尸虫”有关。

［9］参看二编卷上注［159］。

［10］意思是说能说能做，这本是成语。中国俗语说，有几张嘴也说不清，意思略有关系。

［11］“太太”原文云“山神”，系人妻的别称，意含诙谐，有可怕的意味在内。此字起源未详，一说人妻通称（如上文注［1］所说）可以写作“御神样”，由此衍化而出，又山神例系女性，故有是称。所谓劫系用佛教语，即是说岁月，民间相信各物多经年月，能成精怪，这里即是说在太太们中多有经验，成了精的了。

［12］“泥水”见上文注［3］。艺妓娼妓歇业，均称为洗脚，意思即是说离开污泥了。或云此与“青泥莲花”的故典有关，恐涉牵强。

［13］日本屋内垫着草席，打扫时所用有别一种扫帚，棕榈皮所制，柄用竹竿，故可用以打人。

样的乌青[14]。可是，当家人[15]是地位上很高的嘛，大家聚集拢来，说阿舌姐这是你不好，怎么对当家的顶撞起来，那哪里成呢。真是太不知道事体了。无论如何要谢罪才行，照了他们的意思，承认了错，这才好容易结束了。”

阿鸢：“啊呀，那真是想不到的事情。我倒一点儿都不知道。如果知道了，我一定要去劝的。”

阿舌：“那是所谓灯台底下暗呀，所谓锅儿当盆自家乐呀，[16]在家里尽管吃了亏，也没有法子呀。阿咧老是强讨硬要，昨天刚给买了一张三弦，这也给踏坏了，拨子不知跑到什么地方去了。打一回架，得不到什么好处。像你那里的肝右卫门什么的人，性情很好，所以安静得很呀。同我们家的那个的品格，真有云泥万里之差哩。”

阿鸢：“什么，也并不是那么样啊。看去那个样子，可是

---

[14]“乌青”系借用方言，即医生所谓内出血，因殴打磕碰，表皮不破，现出青黑伤痕者。

[15]原文云“亭主”，源出佛经，意云旅亭之主，转用于家主，后来专指丈夫，通用于中流以下的社会。中国南北方言虽有掌柜与老板之称，不大适宜于商界以外，今借用“当家人”一语，似尚可通。

[16]中国谚语也说“灯台不自照”，乃是讽刺一个人不知道自己的缺点，这里阿舌有点用得不恰当，意思仿佛正是相反，因为她的本意是说家里吃亏没有办法。第二句日本谚语的意思多少相合，因为这是说总是家里好，即使是把锅子当铜盆使用也罢。

也麻烦得很呢！”

阿舌：“那是，什么一点儿小事情总是有的啊。我们家里是，一点不对，立刻就打过巴掌来了。总之是，心地[17]不同的嘛。当家人的事情，我不想多说坏话，可是也不成呀。好像是大津绘里的寿星那样，[18]头顶像要顶着天似的，露出了牙齿，瞪着眼睛看人嘛！”

阿鸢：“哎呀，哎呀，你说这么罪过[19]的话！你说出这样的话来，那是你不好呀。”

阿舌：“什么，没有关系。他说我是个老狸子[20]，他自己倒是狼呀！一百文买的马，像指南针的针似的，[21]横着躺在那里，

---

[17]“心地”系意译，原文直译当云“魂灵”。

[18]大津绘系古时大津地方所出产的一种民间绘画，用单纯的颜色，拙朴的笔法，画出各种图像，卖给当时过路的人。寿星在日本称“福禄寿”，照例画作头顶很长的老人，表示长寿的象征，大津绘中特别画得滑稽，寿星正在剃头，因为太长，剃发匠架起梯子来，站在上边给他剃着。这里说寿星，特别涉及大津绘，即是为此。

[19]“罪过”借用佛教语，寿星虽然不是什么大神道，但这么的说总觉得有点不敬，所以也是罪过。

[20]本来可云老狐狸，在日本却是狐狸有分别，大概狐高而狸低吧，这里也就依照原意了。

[21]指南针里的针指着一定方向，无论怎么摇动，总还是方向不变，这里是比喻总是躺在那里，正像那磁针一样。“一百文买的马”意思说本来不是良马。

一年到头也不把竖着的东西放倒。[22]对他说用点气力去干工作吧，便说你别管，果报[23]是睡着等的哩！说着这些话，什么毫不在乎，不管你怎么说，一点都不理会。[24]真是，真是，那样薄情的人，就是穿了铁的鞋去寻，也是没有的。”

阿泥：“别这么说吧。到我们家里来的时候，是很会得应酬的。因为如此，所以在各方面都受欢迎的嘛。——啊，冷得很，再去热一下子吧。”

阿舌：“什么呀，家里强，外边弱的，没有办法的，暗地里的李逵嘛！[25]——啊，我也进去泡一下吧，哎呀，哎呀，阿泥姐，你还浸在里边么？怕不要中了热气么！喂，擦洗得差不多好了。泥垢也是身上之物嘛！[26]明天的一份还是留着好吧。”

---

[22] 意思是说不肯动一动手，把竖的东西放倒，与把横的东西竖直一样，只是拿动什么东西而已。

[23]“果报”原文如此，今故承用，意云祸福。这本是定命论的说法，因果报应悉由天意，人力无可如何，只可静静的等它到来，这里却引伸为好运自然会来，不必着急，专当作好的一方面解释了。

[24] 原文说“毫不在乎”与“都不理会”等处，均使用俗语，即将文句变作拟人句，表示诙谐，译语无法保留，只好都译意改作普通说话了。

[25] 原文云“荫辨庆”，意思说一个人背地里特别在家里很是刚强，一出至外边便懦弱不中用。辨庆系戏剧中勇猛的人物，参看前编卷下注［91］。

[26] 这大概是一句俗谚，说泥垢出在身上，也与本人有关，不可轻视，乃是极端个人主义的说法。

阿泥："好了！讨人嫌的！"

阿舌："讨人嫌！讨人嫌那倒多谢了。要是这样讨了人的喜欢去试试吧，那就要命根子都完了。——嗳，对不起啊！"跨进浴池里去。

在旁边的女人："喂，请安静一点子用水吧。水溅过来了。"

阿舌："嗳，因为这样，所以才说对不起的嘛！这是众人中间呀！一点点的水是免不了要溅的，这是在使用汤水嘛。溅了如果不行，那么退得远一点儿就好了。若是使用着火呢，火这物事溅了，或者要有烫伤的痕，这反正只是热汤罢咧。但是汤溅了如果太热，那么再给溅点冷水，弄凉一点怎么样呢？嗳，又要溅了！溅着了的话，对不起！"乱七八糟的扰动，旁边的女人也出乎意外，只好去到浴池的角落那里蹲着。

阿舌："好大模大样的！这又不是你独自包下来的浴池，连左邻右舍的交际都不知道的，真是大傻瓜。若是打扫尘土，或者要说一声，要弄下一些垃圾来，每使用汤一下，便说一声嗳，水要溅了，这能行么？——喂，阿贫姐，哎呀，已经上来了么？阿泥姐，也出来么？啊，阿鸢姐，——这家伙也不在这里。大家背过了我，都出去了。——啊，男堂那边闹得出奇呀！

真是莫名其妙的爷们啊。黄色的声音，白色的声音，[27]倒把浴池里弄成了五色了。花了十二文学习来的，什么雪关扉呀，什么款冬心呀的，[28]用了颤抖的声音，使得澡堂都要颤动了。是不好弄的病人呀！今天像是发作[29]的日子哩。”一个人独自说着话，走出了石榴口[30]。

一〇　小孩吵架引起大人们的吵架，婆婆和从公馆里出来的媳妇

打开了澡堂的格子门，哇哇的哭着进来的，是那个女儿阿咧：“妈妈，阿鬓姐和阿髻姐打我啦！”（拉长说。）

阿舌：“什么呀，这个小鬼头！又是吼叫着，滚了来么？一眼也不要看！哪哪，哪个家伙打了？阿鬓那小鬼么？什么，

---

[27] 黄色的声音是尖锐的高音，白色的据三田村氏说乃是没有板的。在前编卷上第一段中有此语，即依据此说译为“脱板的”，但此处因为下文有“五色”云云，所以保留了原语了。

[28]《积恋雪关扉》系常磐津调的净琉璃的一种，至今流行，通称“关扉”（seki no to），与“款冬心”（fuki no tô）读音相近，所以这里连带说及。剧中说良岑宗贞与女歌人小野小町在相逢坂关门相见，关官乃是大伴黑主。这三人都是古代有名的歌人，宗贞后来出家，称僧正遍昭，与小町及黑主，均列名于六歌仙。

[29] 骂唱歌的是病人，比作发疟疾，所谓“发作”便是说疟疾定期的出现，即每日，隔日，或间隔两日，俗称“四日两头”，或三阴疟，最为严重。

[30]“石榴口”见卷头“大意”注［7］。

同了阿髫两个人？那些小鬼们是，真会欺侮人！有什么机会，就把人家弄哭了回来。你这东西也正是恰好！怎么会得给她们弄哭了的呢？一点都没有用的。为什么不尽量把对方的脸孔抓破了的呀？而且还是，给人家听了多么难听，哭着滚到澡堂里来！——好吧，好吧！你等着，现在我带了你去，叫那些爹娘坏东西给我们道歉。总之那些爹娘坏东西也是不通人情世故呀！只是爱惜自己的小鬼，人家的小孩们就是死了也不相干。在市房一带拖着铁棒，[31]说人家的坏话，也没有什么体面吧。把这些事情且来搁在架子上，[32]还是去管管自己的小鬼们好啦。你又太是高兴了闹着玩，这个鸦头坏种！”

阿咧：“没有，我是，老老实实的，在那里玩要着的，她们突然拼命的来欺侮我，说什么衣服脏啦，穷人啦，说着种种的话，那个，而且后来——”

阿舌：“什么？说穷人？这你们管不着！那些家伙的家里，能有多少的财产？又并没有问他们去讨了衣服来穿呀！这种事情，不是小孩子能说的话，总是那爹娘坏东西平常那么在放屁

---

[31] 铁棒是旧时查夜的人所拿的一种器具，大概模仿佛教的锡杖，在棒头装有五六个铁圈，拖在地上时铁圈琅琅发声，用以警戒行人。后来俗语转用于好说闲话的人，往往把小事说得很大，或倒乱是非。

[32] 此句直译，意思说不管人家的事。

的缘故嘛！要得尽量的，闹他们一下子才好。”

正这么说着，那弄哭了阿咧的小孩们的祖母，碰巧也来在那里，从浴池里出了来，在后边一直都完全听得清楚。

祖母：“什么呀，这位大娘？什么爹娘坏东西，爹娘坏东西的，老在骂人！不说说那边女孩的淘气事情，只是倒翻过来，说人家孩子的不好。虽然是夸口，说到我们家的孙子是，近地有名的老实人，怎么会得把人家的孩子弄哭了。还有说市房一带拖铁棒，那是什么话呀？我们家的媳妇是，并不是那么样多嘴的人。人家的什么风说，一点儿都不说的。嗳，所以我是看得起她的。大家都听着哩，这么样的乱说，真是太岂有此理了！那边的小孩倒常常把我们的孙儿弄哭了回来的哩。要是可以闹过去，这边倒真是要闹它一下子呢！”

阿舌：“喂，喂，好不吵闹！安静一点好不好！到了好大的年纪，还要来出头嘛。喂，我的孩子是坏鸦头呢，还是你的孙儿是坏种，大家是都明白的。什么衣服脏啦，什么家里穷啦，这都不是从小鬼嘴里说得出来的话。因为你们在说给她们听过，所以才说的嘛。一颗尘土，一只筷子，都没有受过什么帮助。嗳，就是怎么穷着，也不倚靠你们这些人来帮忙！”

旁边的各人，甲：“喂，你们是怎么啦？小孩们吵架，爹娘也出头来，这就是说作比喻，也是笑话呀！”

乙:“喂，阿舌姐！你算了吧。”

阿舌:“好的！你别管吧！说穷人什么的！”

祖母:“咦，说呢，没说呢，单凭小孩的话，怎么做得证据呢？”

旁边的人，丙:“老太太，你也，这很危险呀！喂，请你上去了吧。要是上了火，那是有害的。”扶住了她，上来到衣柜的旁边去。

阿舌用带着哭声的尖锐声音说话:“什么呀，老人末就像老人似的躲在家里好了嘛，要同年轻人一样的吵闹，正是活该。像是柿漆纸上染着兼房小纹[33]似的脸上，光是把嘴挪动着，咬得了人么？”

丁:“喂，那个孩子要哭出来了！你安静一点吧！”尖着嘴说道:“回头再说也来得及嘛。”好容易把阿舌劝住了。

阿舌瞪眼怒视着小孩:“真是会哭的小鬼！喂，你看！连母亲都使动了肝火，那么的闹起来，是为的什么呀？这都是从你起的事情嘛！”穿好了衣服:“咄，在前头滚吧！”一面骂着小孩，走了出去。老太婆也自回去，这之后寂静下来了。

---

[33] 兼房是旧时工人的名字，创始用黑茶色染出细碎的花纹，盛行一时，便以兼房为名。这里是形容老人脸上的皱纹，柿漆纸比喻脸色。

丁："可怕的大娘呀！真是的，真是的，可怕得很！"

戊："可不是么。认真去管小孩打架的事情，那本来是不对的。一切都非把自己的孩子说得对不可哩。"

己："是呀。我们家的是，如果哭了来，就先骂他一顿。要听小孩子告状的话，那是再也没有限量的。不管是非曲直，先骂自己的孩子，那是最好的事情。或者偶然人家的孩子跑来告状，就得责罚自己的孩子，使得知道以后警戒才好。说那是可恶的家伙，请你饶恕他吧！回头回家里来的时候，叫他吃罚。这样说了，那边的小孩也就满意了。——不呀，在小孩里边，爱去告状的也尽有啊。"

庚："那也是一种毛病[34]。各个小孩都有各人的顽皮，谁都不会得好。在这中间，少爷们[35]单是顽皮罢了，女孩子尤其是脾气坏。"

辛："那也不能这么说。姑娘们大抵老老实实的，男孩就过于会闹了。总之是，非得严紧一点不可。呵呵呵！"

壬："真是这样。看现在的样子，在小孩的面前，什么话

[34] 原文云"癖"，平常可说是脾气，但这里含有坏脾气的意味，所以改译了。

[35] 原文是对男孩的敬语，今译作北京的方言，这与普通所谓少爷稍有不同，大概只是较为客气的名称，北京人常称自家的子女为少爷姑娘，贬称则云小子与鸦头。

都不好随便说的。呵呵呵！”

癸：“要是使人家的孩子受了什么伤，那是对不起的事情，倒还是输了回来的好呀。”

子：“对啦，孱头的孩子没有麻烦，倒是好的。”

大家说着的时候，一个二十四五岁，像是媳妇的女人，搀扶着七十多岁的瞎眼的老太婆，剃光了头[36]像是婆婆模样的人的手，从石榴口护送出来。用一只手扶着后背，显得小心害怕的样子。

媳妇：“啊，危险啊，请你慢慢的来吧。”

婆婆：“嗳，嗳。”在留桶旁边坐下。

媳妇将留桶的汤搅了一下，试试温度：“请您略为等一会儿。这汤是于您恐怕太热一点了。——弥寿么，请你这里稍稍加点水吧！”

使女弥寿：“嗳，嗳！”舀了水来，倒在留桶里。

媳妇：“还等一忽儿。”把水搅和了之后：“请用吧，冷热刚好。请你把这浇在身上，随后上去吧。”

婆婆：“嗳，嗳。就这么上去了。今天是你给我很好的擦

[36] 日本人信奉佛教，旧时老人多剃发，不问男女，但虽云出家，却仍住家中，服装也不改变。

背，所以很舒服。我上去了，你还是多洗洗好吧。”

媳妇：“不，我也就好了。”

婆婆：“好了么？不好好的热透了，后来是要冷的啊。为了照应我去伤了风，那是不行的呀！好了么？”

媳妇：“嗳，好了。——弥寿么！”——照平常的说话，应该叫弥寿呀，但是这媳妇还没有丢掉公馆里的话，[37]所以底下加一个么字，叫作弥寿么。

使女弥寿也是这媳妇在公馆当差时代的使用人，称作房里人[38]的，在她出嫁的时节，也跟了过来，所以不叫主人的名字，叫的时候只叫作“您”就是了。

媳妇：“弥寿么。”

弥寿：“嗳！”

媳妇：“你呀，留在后边，慢慢的洗了再出来吧。我陪了回去，就行了。”

---

[37] 女孩在公馆当差，参看二编卷上注[110]。在那里使用一种官廷式的语言，大抵除字面优雅外，特别是助词敬语，译文中无法保存。

[38] 公馆里当差的上级是“上房使女”（奥女中），她们各有房间，也还有人供使令，这便称作“房里人”（部屋方），意云使女房间的用人。

弥寿："嗳，嗳。"向着衣柜的方面："小胜呀，[39]上来了呀。"

看管着衣服的徒弟："嗳。"把看着的合卷小说塞到怀里[40]去，——"嗳，嗳，请这边来。"拉着瞎眼老太婆的手。

媳妇同样的拉着手，扶着背脊："有点危脸呀。"

弥寿："您呀！"听不见。

弥寿："您呀！"

媳妇："嗳。"

弥寿："您的浴衣——"从后边给她整理好了。——"老太太[41]，慢慢的回去！"

婆婆："嗳，嗳。你好好的热透了来吧。"

弥寿："嗳，嗳！[42]——您，慢慢的！"也对着媳妇打招

[39] 徒弟名叫作"胜"，原文下加一殿字，写作胜殿。这殿字平常也写在人名下，读法稍有变化，作为敬称，但在这里乃是相反，用于下属，与"小胜"多少相近。这一家带着徒弟出来，表示是一个大商家。

[40] 日本和服系斜领，腰间系带，因此怀中可以存放好些物事。

[41] 原文云"御隐居样"，参看前编卷上注[65]。

[42] 原文中回答的话约有三样，意味不全相同，译文只好混写作"嗳"了。如少女口中的ê，中国有音无字，写作"呃"，不大好看，译"嗳"还可以适用。别一种曰ai，音可作唉而并非叹气，故不能用。又一种hai，更为郑重，译为"是"往往语气难相合，译作"喳"则只宜于仆役，所以凡是女人所说这些答词，一律都写作"嗳"了。

呼，自己留下了。

徒弟："啊，有点儿危险。——奶奶[43]，米糠袋呢？"

媳妇："那个，弥寿回头会洗了拿回来的，不要管吧。——喂，若是着了冷那就不行了。赶快给老太太穿上了衣服吧。"给她穿了衣服，拉着手出去了。徒弟在后面，挟着旧浴衣，跟着走去。

一一 选择女婿的事情，戏曲里的人物评

留下在后边的使女弥寿："奶奶，我给你擦背吧。"

大娘[44]："嗳，多谢！哎呀，弥寿姐，今天早呀！"

弥寿："嗳，我陪着上边来的，所以今天早一点。在收拾过了宵夜[45]再来，心里老是着急，不能够安心的来洗澡。"

大娘："正是呀。你那边人口多，所以事情也很不少吧。你那边的老太太眼睛不方便，可是讨了一个很好的[46]媳妇，

[43] 原文云"御新造样"，乃是从船只转变出来的用语，最初是指新妇，后来通称于中流人家，意义略等于俗称少奶奶。

[44] "大娘"原文云"女房"，系指人妻，北京俗语"媳妇儿"意正相当，因恐与上文媳妇相混，故从改译。

[45] 这与晚饭不同，据三田村氏说，大概在晚间八九时所吃，与上海所谓宵夜相近。

[46] 原文云"没有什么说得的"，即是没有缺点，今改译为正面的说法。

那也是福气啊。俗语说，钟也看钟槌子撞得怎样，无论怎么好的人，如果媳妇不好的话，也还是好好的合不来的。孝顺公婆，相貌又好，和人家往来也毫无问题，无论什么方面都是完好的人。真是叫人羡慕的事呀。”

弥寿：“嗳。我来称赞我的主人[47]或者有点不大合适，你知道，她真是性情特别很好的人。在公馆里住着的那个时间，她在下房中间都有名，是个大好人嘛。我的性子是有点粗卤疏忽的，可是一直并没有说过我一言半句。我为此十分感激，心想至少侍候她到结婚为止，可是终于继续下来，做工直到现在，此后只希望她有了子女，我等到那时再去出嫁到什么地方去吧。”

大娘：“你这是很好的居心。真是的，你现在也应该打算出嫁了。”

弥寿：“是呀。好的是像我这样的人，这边那边也有人好意给我说亲，我想还不算很晚，且来慢慢的看，再决定什么地方吧。可感谢的事是，主人方面给我预备东西，叫我选择相当的地方，侍奉婆婆的事我也会干，只希望有什么乡间出来的人，

---

[47]“我的主人”是指弥寿的旧女主人，即上文中的媳妇，原文系用男性字，盖因公馆中习惯如此。至云“我们的主人”，则是说少主人。

没有现代习气的，规矩的男人那里，是愿意去的。”

大娘：“就是那件事嘛。现在是，小白脸不如干活汉。这样办是顶靠得住的。”

弥寿：“俗语说，秘密不说出，事情讲不清。我的姊姊是，你知道，她希望男的相貌，所以嫁了一个有点漂亮的男人。可是，你知道，那个人呀，总之水性杨花没有停止，为此非常辛苦。而且，我想，要是去逛[48]那倒还好了，乃是一个馋嘴的人，专是对近地的闺女们什么，胡乱的搞，名誉也很不好呀。”

大娘：“是呀，这是顶大的毛病嘛，逛窑子大概有个限度，所以还好，如果搞家里人，收买破烂，[49]那是坏东西，很不行的呀。我也是非常的嫌恶的。总之是，不像一个男子汉嘛！若是男子汉的话，花了钱做的买卖，倒也行啊！[50]无论在哪里，这样的人可是不少哩！”她设身处地的这么回答。

弥寿：“正是这样。看了这种情形，所以我是，不管是怎样男人，只要诚实，规矩老实的人就好。”

---

[48] 原文系游玩字，通常解作狎妓，与中国说逛窑子的逛正是相同。

[49] 日本俗语“收买破烂”，系指滥淫者，不问对手上下好坏，一味胡搞的男子。

[50] 日本自德川时代以来，各都市大都设有公娼，称为游里，因此养成一种风俗，觉得男子狎妓不算什么，只不要破家亡身便好。这上边又加上男尊女卑的封建道德，所以便是女人也多少接受这种思想，沿至现代也还未能改正。

大娘："你这样办吧！千万不要讨漂亮的男人。觉得是漂亮的男人，也只是当时罢了。等到日子过得多了看！每天都没有好脸，两方面也都不愉快呀。而且愈是漂亮的男人，也就愈是水性杨花，容易厌倦。这是当然的事情嘛。各方面都抢着拉，自负太过，品行就变坏了。总之，漂亮的男人是，旁边的人也不让他有好品行呀。我自己也是女人中间的一个，实在女人这东西，对于男人是很不好的。你看戏文里做出来的《忠臣藏》[51]吧。原因是怎么起来的呢？就只为的师直看上了颜世夫人，这才闹起事来，[52]成了那么的大事件。小浪也只因看中了

[51]《忠臣藏》全名为《假名手本忠臣藏》，意思是说众多忠臣的库房，可以为人模范，旧时书塾中习字使用范本（手本），上写字母（假名）四十八字，加在题目又以影射四十七人的义士。本系竹田出云等所编，为净琉璃的义太夫调，也用于歌舞伎，至今流行，为世间所欢迎，号称戏曲上的独参汤云。

[52]参看前编卷上注［17］［18］。高师直与盐屋（亦作盐冶）高贞系历史上实有的人物，十四世纪日本南北朝之战，师直为北朝将军足利尊氏的部属，破楠正成，杀盐屋，曾建大功，而骄奢淫逸，终以败亡。《忠臣藏》所演却是别的报仇事实，只是假借古人的名义而已。这本事乃是所谓赤穗义士四十七人给主君复仇，同时赐死，是轰动一时的大事件。元禄十四年（一七〇一）三月，赤穗城主浅野良矩与别一诸侯吉良义央争论，在殿上将吉良斩伤，因此赐死除封，浅野的家臣大石良雄等蓄意报复，至次年十二月才得成功，攻入吉良公馆，把他杀了，这四十七名武士因为犯了国法，悉被命切腹自尽，但是在封建道德上强调主从君臣的关系，所以社会上又加以表扬，在日本战败之前芝区泉岳寺四十七士的墓前香花不绝，《忠臣藏》的故事歌曲也长在人口的。

力弥，亏得父亲本藏肯舍命帮助，这才能够成了夫妇。[53] 俗语说得好，这就说爹妈胡涂[54] 嘛。还有，请看那个勘平吧！跟了主人一起来，只因和使女阿轻搞恋爱，在那大事件中间落了空，这也正是恋爱的缘故啊。[55] 伴内[56] 也是看中了阿轻，总而言之，闹事的原因都是女人嘛。现在赏识戏子的人也有点别扭了，比起生旦脚色[57] 来，还是大面和副净受到欢迎。妓女也撇了小白脸，看重丑男人，可见人们也渐渐的搞出新花样来了。这样看来，勘平是个不中用的男人呀！如果我是阿轻的话，倒是挑了伴内好些。你说为什么呢？主人的大事件脱了空，

---

[53] 四十七士的领袖大石良雄，《忠臣藏》中化名为大星由良之助，他的儿子力弥与加古川本藏的女儿小浪订婚。本藏系桃井若狭之助的家臣，当盐屋砍伤师直的时候为他所抱住，以此为由良之助所恨，主张毁约，本藏乃化装乞食僧，故意让力弥刺伤，并手赠师直公馆地图，以便报仇，婚事乃得复成。

[54] 这是旧时谚语，谓父母对于子女一味爱护，了无辨别，有似痴呆。

[55] 早野勘平是盐屋家的一个家臣，阿轻是同家的一个使女，互相恋爱，结为夫妇，盐屋败亡后遁居阿轻的乡里。因为报仇需用，阿轻情愿卖身为妓，由其父与一兵卫携回身价银一百两，途中为师直恶党斧九太夫的儿子定九郎所杀，将银子夺去。不意又与勘平碰着，被认为野猪，用枪打死。但勘平却复误会，以为是他自己打死了岳父与一兵卫，因而引咎切腹自杀了。

[56] 鹭阪伴内是师直的家臣，因为师直是恶人，戏中扮作大面，伴内是他一党，所以也是滑稽的角色，略与副净相当。他也恋慕着阿轻，一贯地尽忠于主家，也显得颇有本领。

[57]"生旦脚色"原文云"濡事师"，谓专演男女情事的戏角，此类情节称为湿事。

十分狼狈，想要切腹，[58]被阿轻止住了，切腹也不成功。借了女人的智慧，还是一点都不难为情的住在阿轻的家乡里。这倒也就算了，把主人赏给的，染出定纹[59]的衣服当作小袄，穿在野兽臭味的身上，出去打野猪和猴子。而且那张惶的定九郎[60]抓住了他的脚之后，那么的惊慌，这又是什么呀！是野猪呢，还是人呢，大概也可以知道的。打猎的人把火绳熄灭了，那也是过不了日子的啊！在早已经死了的时候，还要寻找有没有什么药，用枪打死了的东西，药什么哪里还有什么用呢。想想也就知道了。说什么抓来看时乃是腰包，天的赏赐顶礼领受，[61]天老爷会得教人，去杀了人取什么东西的么？况且那野猪早已走进后台，正吃着饭的时候了，还说比野猪先来快跑，人的脚无论怎么快跑，还能够追得上野猪么？真是荒唐得很。

---

[58] 日本旧制武士以上犯罪，例当赐死，即切腹自尽，其罪重者始处斩。这是一种野蛮凶残的习惯，直到十九世纪后半，明治维新后始废止。

[59] 旧时日本中流以上各家均有定纹，即是一家一族通用的徽章，大抵圈中画成种种图样，以植物为多，用具次之，动物极少。这描在器具衣饰上边，以作标帜，近代只通用于礼服上，有三个纹五个纹之别，施于两袖上侧及背心，又于左右襟各着一个，则由三纹而变为五纹了。

[60] 定九郎见上文注 [55]。定九郎将与一兵卫刺死，夺去银子，所以下文称为勘平岳父的仇人。

[61] 这两句当是勘平所说的原文。旧时习惯凡接受上头赏赐，或稍为珍贵的物事，受者照例低头，将赠物双手高举，作出要去顶在头上的样子。至今妇女小孩的语言里还说接受为“顶戴”，一般敬语也说作“戴”，还是这做法的遗风。

说到切腹，也是这样的嘛。总之是慌张狼狈，所以不行呀。先要安静下来，查看一下与一兵卫的死尸，是枪打的呢，还是刀刺的，这可以知道，再来说明昨天夜里的事情，那么这样这样，说当时就报了岳父的仇，打死了定九郎，这不但要受到人家的称赞，而且那很痛的肚皮不切也就完了。那真是太傻的汉子啊。阿轻呢，也正是阿轻，一点都没有能耐。对那么不中用的男人表示爱情，[62]去被卖作妓女，那是可以不必呀。顶可怜的倒是那老太太了。说什么条纹腰包里的纹银，四十九天的五十两，合起一百两是一百天，[63]在急忙得要命的时候说了漂亮话，就回去了，拿那五十两银子，也吃不到一世啊。与一兵卫是死了，勘平也切了腹。平右卫门虽是参与了报仇回去，也是永久的做

[62] 根据封建道德的三纲，为了君父的缘故，妇女把自己的性命和贞操都该牺牲，这里阿轻因此助成勘平对于主君的忠义，所以也算是尽了情谊了。一般说来，女人表示衷情只是自杀，或是双双情死，旧时即称为“心中立”（意思即是表示心中），本文中说阿轻好像专为了勘平去卖身，那是与事情不合的。

[63] 条纹腰包以下系是戏曲原文。上边说有条纹的布所做的腰包，原文连说下去直译是条纹的黄金，但黄金不好说有纹，而且论理一百两也应当是银子，恰好有纹银这句话，所以改译了。四十九天系民间俗信，根据佛教的话，人死后七七四十九天的期间，魂灵在中阴逗留，未能径入阴间，所以须得家属给以供养。这里说两个四十九天，是指与一兵卫与勘平两人的七七供养。

浪人嘛。[64]阿轻后来做了尼姑，[65]要养活三口人，四十九天的五十两什么，总之是没有法子去过日子的呀。”

弥寿：“正是这样，阿轻也会得赎身出来吧，满期的话，那么欠债很多，几乎光着身子出来，也是很为难的吧。”[66]

大娘：“是呀。而且这是急事[67]嘛，但是由良之助是很能干的，一定是暗地里给些帮助吧。”

弥寿：“还有阿轻做了妓女，名字也并不改，[68]还是叫作阿轻哩。”

大娘：“可是到做了尼姑之后，大概改了名吧。”

弥寿：“对啦。照你这么说来，勘平真是一点没有能耐的男人啊。”

---

[64] 平右卫门是与一兵卫的儿子，参与报仇的事。据赤穗四十七士的事实，参与的人无侥免者，这里说平右卫门回去做了浪人，或者因为是桃井家的家臣的缘故吧。

[65] 阿轻做了尼姑，戏曲中未见说明，据出口氏注，大概只是依据情节，推测出来的吧。

[66] 日本妓女期限，通称“苦海十年”，这才算是满期，可以自由，赎身自是例外。赤穗事件前后不过两年，离满期还远得很，这里只是闲人闲谈，不能认真，如下文改名字一节，亦是一例。

[67] 这“急事”系直译原文，意思不甚可解。

[68] 日本旧例，凡妓女均不用本名，改用别名，称“源氏名”，有如《源氏物语》中所出现的人名。据所见天保十年（一八三九）刊《吉原细见》中所载，例如薄云，谁袖，浓紫，春日野之类。

大娘："伴内还要好一点儿吧。要是我呢，两个中间是挑选伴内的。这人虽然是坏，可是一个容貌凛然[69]的好男子。第一，是个忠臣嘛！[70]担心主人的事情，当了狗，混进一力[71]里边去。在第三段里，向若狭之助讨好，袒护主人。毫不松懈的认真当差，末后为了主人的缘故，终于战死，死在第十一段戏里。同勘平去比较，是大忠臣呀。"

弥寿："是呀。你倒真是记得很清楚啊。"

大娘："是呀。——因此什么都是为了女人。那个，什么琴拷[72]那戏文里边，岩永是守住他正当的职守，追问景清的行踪，重忠却是办事不彻，不认真去干。什么琴呀，三弦胡琴

[69] 这里说"容貌凛然"，当是依据戏台上所表现，或是见于戏文画的吧。

[70] 在本编出版后的第二年，三马刊行一册戏评，名叫《忠臣藏偏痴气论》，末四字可以译作"怪论"吧，发表他特别的人物评，与这里所说大概相同。作者对剧中人物悉加批评，唯称赞伴内一人，据出口氏注所引，有云："呜呼，忠臣鹭阪氏，泥中之莲，沙中之金，唐土之豫让，本朝之伴内，和汉两朝唯有二人而已。"

[71] 出口氏注云，一力系影射京都祇园的万屋茶室，萬字写作万，再拆作两字，仿佛是一力了。

[72] "琴拷"是戏曲《檀浦兜军记》中的一出，叙源平两家争权，平家败亡后，遗臣平景清蓄谋行刺源家首领赖朝，遍找不获。源家官吏知道景清有所爱妓阿古屋，便去捕她前来，查问景清的行踪。岩永主张用刑严讯，重忠却不赞成，只叫她来对官演奏三曲，使用琴和三弦以及胡琴，试探她说话的虚实。结果她泰然自若的奏乐，便表明她所说非假，得以放免。论理是重忠岩永一好一坏，是非显然，但这里作者也照样要发别扭的怪论，与《忠臣藏》的批评是一致的。

呀，干那么温和的事情，那么做去这事怎么得成呢？岩永所说的话都是对的，这就因为岩永不曾迷恋着女人，所以是正直的，重忠却是给阿古屋迷得发了昏，你看那听琴的脸相吧。好像真是口水都要挂下三尺来的样子哩！什么事情，女人都是有害的。”

弥寿：“嗳，正是呀，呵呵呵！”

大娘：“因为如此，你嫁了丈夫也切不可大意呀！男人这东西是很有点可恶的，都是那么样子。”

弥寿：“是么，阿哈哈哈！可是，我们家的主人，[73]我来说他是美男子，似乎不大合适，但是品行端正，和他的相貌好很不相称。有什么大小聚会，他总是头一个回来，出去送丧什么也并不顺道去玩，总是一直的回到家里，今天花了茶钱十二文，庙里布施七文，这么计算一下，零用只有三十二文，就济事了。店里的人都说是生姜[74]，生姜，——生姜是什么呢？大概是说诚实吧。可是，在朋友交际上不大圆通，老主人时常给他教训。说还该像年青人一点，游览看山，也应出去才是。说那么老是不爱外出，也是不对的嘛。”

[73] 这里是指现在的少主人，即上文所说那媳妇的丈夫。

[74] 日本俗语称守财奴为生姜，据说因为他一手抓紧了钱，样子与生姜相像的缘故。

大娘："听了真叫人羡慕哩。我们家的是喜欢外出，没有什么工夫坐下在家里。我要说一点劝告似的话，他就觉得烦厌，说什么不吃过奈何街的汤豆腐，[75]是不能懂得世故的啦，说人家摆下饭来这边道谢，[76]是失礼的啦，说些任意的话走了出去。那些清客呀，从神呀，[77]这些东西最是可恶。主儿心想规规矩矩的过日子，在澡堂子往来的路上，在理发馆的近旁彷徨着，劝他出去逛。最初是上饭馆，随后进一步，便是船呀轿呀的来了。[78]真是的，真是想把你家的主人煎了，给喝一口也好。[79]——呀，谈得长久了，连身子干了也都忘了呀。"拿起留桶来，浇在身上。

弥寿："我给你去舀来吧。"舀了小桶三桶水，倒在留桶

[75]"奈何街"原文云"奈何之町"，系指新吉原的仲町，音读相通，那里多有"引手茶屋"，直译可云拉纤的茶室，旧时狎客与妓女在此相会，早上由妓馆回到茶室，吃过早餐，再回家去。汤豆腐系用上制豆腐，在白汤内煮，炖在火上，蘸作料酱油来吃，是很清淡的食料。这里意思即是说不玩过吉原，不能理会人情世故。

[76]日本俗语"摆饭"原意吃现成饭，白占便宜，后来引伸用于男女关系，专指女人主动来勾引男人，至有"摆饭不吃是男子汉的耻辱"的谚语。

[77]"从神"也即是帮闲，因为他们跟着财主大少，好像是从神们侍候着大神一般。

[78]江户住民往吉原有两条路，一是经过浅草观音前面，坐轿子去，二是乘小船通过山谷崛，至日本堤下。

[79]日本俗语，如说一个人懒惰，便举出勤勉的人来，说想把他的指甲煎一点给喝了才好。

里边。

大娘："这很对不起。我就领受了。——哩，进池里去吧。"

弥寿："嗳，嗳。喂，你请先吧。"进到浴池里。

一二 大娘和老太婆关于病人的对话

好像在合掌礼拜似的洗着手指尖头的大娘，和回过头来用浮石洗着脚后跟的老太婆，正说着话。这老太婆有一个口头语，老说"的呀，的呀"，又专喜欢诉说辛苦。

老太婆："大娘，怎么样？你们家里的人都康健么？"

大娘："是的。俗语说，有抛撇的神，也有帮忙的神。[80]家里的死了之后，也还是这么那么的，至今在吃着饭哩。"

老太婆："那是很福气的。请你听吧，我们家里的呀，老头儿噎的躺倒了，简直是十死一生。起初像是现今流行的那风瘫病的样子，近来的呀，你知道，慢慢连独自坐立都不成了，所以拉矢撒溺都要用马子了。[81]哎呀哎呀，身子都要磨得成粉啦！"

大娘："啊呀啊呀，那可真正是了不得的大病了呀。"

---

[80] 这是一句俗谚，说祸福不常，看着为人所抛弃，同时也会有人加以援助。

[81] 日本家中略如中国北方，均附设厕所，用蹲坑，只有小孩和病人才用类似马桶的便器。

老太婆："因此他更是加倍任性，麻烦的要不得。"

这个大娘有一种毛病，喜欢在无聊的地方加上比喻的俗谚："那么是，你知道，这说是哭的孩子和地藏，[82]是拗他不过的，所以你就任凭病人怎么说，照着他做吧。说是一寸延长，也就是延长八尺，[83]耐过了寒天[84]可以好起来吧。人家说生产比起担心还容易，[85]想不到的快快医好，也会有的。一寸前头就是阴暗嘛。[86]这病也就不会得那么定了的。蚂蚁的想头也通到天上，只要专心的看病，不见得就没有好阳光来的日子了。总之，请你信仰神佛吧。说是鳑的头也因了虔心，[87]会有灵验。请你听着吧，这样的事情也是有的。我们的头儿进出的

[82] 俗谚原语系"哭的孩子和地头"，女人因音近讹为地藏。"地头"是古时的乡官，地位略如保长，而权力极大，故云。

[83] 这与以下好些同类句子均是俗谚，"八尺"原文作"一寻"。

[84] 日本旧俗极看重寒天，这并非泛指，乃是说阴历上的小寒大寒，此三十日间称为寒中。民间信仰多有寒中修行，运动员有寒中练习等，这里是说气候与疾病的影响关系。

[85] 这俗谚说妇女生产，事前担心感觉危难，但事实上并不如此。

[86] 这是佛教思想的谚语，说人生无常，这里却用得不恰当，因为这句话平常总是用在消极方面的。

[87] 鳑是南方河中常见的小鱼，也可以食用，但极不值钱。原文写作鰛字，古义训作大鲇鱼，其重千斤，显然不合用，因为日本借用作沙丁鱼解，现今中国虽已通用沙丁鱼的名称，但究系外文译音，也不适用，所以意译改写了。

那人家的主的事呀。正如俗语三岁孩子的心魂直到一百，[88]从小时候起，任性任意的长大的，到得大了起来，还是瞎蛇什么都不怕嘛。[89]你想，财产什么都不管的那么花用，说是地狱也听银子使唤，[90]听人家的奉承觉得有趣，终于把大家私都用得精光，成了百贯的抵当只是一顶箬帽了。[91]而且在这上边，又生了坏毛病，真是二进三进[92]都是不行啦。俗语说的好，兄弟是路人的起头，虽然是有着好些兄弟们，都是马耳朵上的风，全然音信不通。那么什么办法都没有，宝贝只是身边的物事，剩下来的工具一切全都卖了吃药，卖了吃药，可是前后三年的长病嘛，你知道那是没有法子可想了。说是抛弃儿女的树林子虽是有，抛弃自身的树林子可是没有，只有一个女孩子送给了别人，剩下了夫妇两口子。那媳妇儿虽然也很爱惜吧，可

[88] 俗谚原语云"三岁孩子的魂"，谓一个人从小到老，不会得改变。

[89] 俗语一作"瞎子不怕蛇"，似更合理。

[90] 与"有钱使得鬼推磨"的俗谚意思相同。

[91] 出口氏注云，原意是说借给别人一百贯，只有一顶箬帽做抵押，所出多而所入少，这里用的意思不一样，乃是说一百贯的钱只剩下箬帽而已。

[92] 出口氏注云，此系算盘上用语。这里说经济困难，无论怎么盘算，都没有办法。

是到底比起背着的小孩来还是抱着的家主公要紧。[93]背脊是换不了肚皮的，[94]只好把小孩给了人，自己干那没有做惯的佣工。从前是一出门都坐轿子，跟随的人带上五六个，现在却是拿着马尾罗[95]去买豆腐，早晚的看病到管吃食，裁缝的余暇还干佣工的事[96]。这不是稀松平常的事情呀！又是凭了那媳妇儿的诚心，每天早晨去叩拜浅草的观音菩萨，[97]一年间精进洁斋，这样办了——那是可怕的[98]事情啊！那么样的大病渐渐的好起来了，近来是完全复了原。所以凡事专心的干去是很有力量的。你那边也去虔心信仰，看病着看吧。虽然说是尊贵的

---

[93]俗谚云，背着的小孩还不如抱着的小孩，意思就是说爱怜小儿女，因为年岁较大的背在背上。这里经说话的人改编过了。“家主公”系借用江南俗语，原文云“亭主”，出口氏注云，亭主者旅亭之主，《楞严经》云掌亭人名为亭主，俗乃以称家主，后又称丈夫为亭主。这名称现今仍通用于中流以下，与“家主公”的意味与使用范围大致相合。

[94]因为肚腹是紧要地方，所以不能同背脊掉换，这俗语的本意是说“害之中取小”。

[95]原文云“味噌漉”，因为日本家庭用以滤味噌酱汁，系一种小筛，上用罗圈，以马尾编网作底，亦可作小笸箩用，拿了去盛豆腐之类的东西。

[96]原文“人家的事”，即是佣雇工作。但如本文所说，看病余暇既已用于裁缝，那么别的佣工也就不大可能，或者是指洗濯等事吧。

[97]浅草地方的观音寺本名金龙山浅草寺，系七世纪中有渔人从水中网起观音的金像，高只有一寸八分，却甚见崇信，成为江户最大最有名的寺观。

[98]这“可怕的”字里含有尊敬感叹的意思，与文言“可畏”多少更相近。

寺是从山门起，[99]可是只有医生却不是可以貌相的。住在后街的穷大夫中间，也会有很高明的人。把药纸放在袖底里，自己带了药来，[100]这第一是省事，在穷人也是有利的嘛。去取药要花费半天工夫，在人手少的人家真是为难极了。”

老太婆：“是呀，大夫现在是第九个了。这回的医生是，那个，豕右卫门[101]呀，那个人得了风瘫，一个时期老是拖着，后来治好了，说是很高明，所以请了来看。只有头一次，坐了轿子来了，以后是每隔一天，派副手[102]来看罢了。”

大娘：“啊，在大夫那方面，副手也就算了吧，可是在外行的看去，那是不能够放心呀。”

老太婆：“正是呀，全信托着大夫本人嘛。还有的呀，此外又加上妹子阿糠生病，从公馆下来了。儿子呢又是儿子，发

---

[99] 本意说寺如尊贵，寺门也就考究华丽，即从外观也可以知道。

[100] 日本旧时均用中医方，通称汉法医，一般医生均自备药材，配药卖给病人。医生生意兴隆，病人家去取药，往往要等候很久的时间，讽刺诗川柳中有云，睡着的是那第一个取药的人，可知一斑。其次是医生随带药箱，在病家开方，即按方配药，大抵由一个助手给他背药箱前去，这里所说却又特别简单，似乎连药箱也是大夫自己背来的了。

[101] 豕右卫门即是前编卷上所说的瘫子豚七。这可以说是本名，豚七乃是通称。

[102] 原文云“代脉”，亦称代诊，本是在跟着医生学习的书生，往往出来代理诊察，不为病家所欢迎，那正是很当然的。

了便毒，哼哼的躺在那里。近时不凑巧生意也是清淡的呀，零用也发生困难，说不上多少，也就是当呀典呀对付着过日子。而且这上边的呀，阿姊的阿糟[103]又是在那夫家说出来呀回来呀的有了纠纷，家里弄得个乱七八糟。年纪老了耳朵里听不到好事情，真是的，真是的，活得久了出丑也多，[104]大娘，这的确说得不差的呀！对了阿糟，我是这么说的。嫁了自己所喜欢的男人，所以此后要当心不可再有什么麻烦，只要能够这样就由你去搞好了。不要爹娘给她嫁的那个男人，这是自己弄好的家主公，照道理讲不应该再有什么事情了。总之是自己醒悟得太迟了嘛。大娘，这是准没有错的呀。”

大娘：“是啊，那孩子是搞的很不好。说是女人聪明了牛怎么样，[105]女人伶俐是没有好处的。”

老太婆：“总之是由于情的可怕，[106]所以有这些事情的呀。

---

[103]“阿糟”原文写作“阿粕”，虽然其训读原与糟字一样，阿糟阿糠都是老太婆的女儿。

[104]这句话原本出于庄子，尧回答华封人的三祝，说寿则多辱。日本经兼好法师在《徒然草》上引用，流行得很普遍，所以连老太婆也都知道了。

[105]谚语全文云，女人聪明了，牛卖不成功。这大概原来有一件故事，今不可考了。

[106]这里译文系将kowai一字，解作甲义“可怕”，虽然文句不大顺遂，与下文“都是为了儿女”相应，也可解释得过去。三田村氏注则将此字解作乙义“强硬”，说是强情即执拗，那是在指着阿糟一方面说了。

真是的，为什么这样辛苦着的呢，想起来全都是为了儿女的缘故嘛。世间的爹娘有了儿女，能够享福，我这里正是个大反对呀。这边也不想要享福，只是想这些辛苦减少一点罢了，此外别无什么愿望。前几天寺里的师父来说要建立大般若经，[107]请随意捐助。我们因为平常对于寺里的募化不大出，所以也想多捐些子，可是不能如意。而且，你知道，从乡下来了吃闲饭的人。逐日捐出[108]的钱，每天金毗罗老爷啦，成田老爷啦，江之岛啦，大山啦，鹿岛会啦，汤花会啦，[109]这个那个的，总要一贯二三百的支出哩。这不是一件轻松容易的事情呀。要怎么样才得舒服一点呢的呀，大娘？嗳，南无阿弥陀佛！”

一三　使女们的对话

这之后，有一个肥胖的使女从石榴口出来，地板上滑了

---

[107] 建立大般若经，参看二编卷上注［105］。

[108] 捐助的钱不是一总付给，却是每日来收取，各付若干文。

[109] 金毗罗见前编卷上注［51］。成田老爷指千叶成田町神护新胜寺里的不动明王，这是佛教密宗里的神，说是大日如来为了制服恶魔而现出的愤怒相，在日本甚见崇信，通称不动尊。大山在神奈川县，亦称雨降山，有神社崇祀大山祇神，是日本的神道，通称石尊。江之岛祀辨才天，参看二编卷上注［152］。鹿岛有鹿岛神宫，崇祀日本的神道，奉为军神。汤花会据三田村氏说，乃捐助资财，以供茶汤与香花的一种总会。出口氏别有解说，但结局弄得与鹿岛会混杂不清，所以用了三田村氏说，虽然或者也未必确实。

一下，仰天的跌倒了。

甲："危险呀！喂，跌得很痛吧？"

同伴的使女乙："咦，危险！开帐了，[110]南无阿弥陀佛！"

使女："不是说漂亮话的时候呀。啊，好痛！"说着话满脸通红的，爬了起来，立即抓住了一个小桶。

乙："啊呀啊呀，就是跌倒也不白起来，[111]这可不就是说你么？"

使女："是呀！这是与众不同的嘛！"输了也不服气的说着，走到舀热水的那边去。舀热水的男人却是慢慢的在舀那热汤。

使女："你快点儿舀吧！日子短得很呀。你道是几时了，已经是十月中间的十天了嘛！"

舀热水的："什么呀，这么的不漂亮。来到澡堂里，滑跌

[110] 日本寺院除佛教巨像外，大抵安置龛内，外垂帐幕，不能看见，每年有一定期日，始开帐几天，任人观览礼拜。俗语转用，如妇女蹲踞洗濯，或小孩游玩，衣裾散开，露出前面，亦称为御开帐。

[111] 中国俗谚有"跌倒就坐坐"之语，这里却是说敏捷，爱占便宜的人，跌倒了也就趁便得到什么，才肯起来。日本又称艺妓卖身为跌倒，这里也或者含有相关的意味，川柳有句云：跌倒了捡到金二步的好孩子。金二步即是半两银子。

了的这种古风的事情，哪里会有呀！这不是大姑娘时代[112]的事情哩！”这个舀热水的倒是很难得的，[113]是个江户子式的漂亮的汉子。

使女：“好的嘛！你别管。还是抽空拿点细沙来，擦擦这地板好吧。好懒惰的！”

舀热水的：“喳，知道了，奉命！”

使女：“什么呀，那么老盘了脚坐着！”

舀热水的：“那么，如今盘了脚坐了。我盘了脚坐着，你却是躺倒了！”

使女：“好吵闹！”

舀热水的：“可是，那倒是很好的声音哩。噔的一下地都震了，是特别的好。因此我在打盹儿也醒过来了。明天在我要渴睡的时节，务必也来一下子。咦，那正是，说的什么澡堂跌

[112]“大姑娘”原文云“乙姬”，日本民间故事中有浦岛太郎到龙宫的传说，这乃是龙王女儿的名字，所以这里是说上古时代，与古风相应。出口氏注引山中翁说，江户儿歌有云：伊滴克，伊搭克，太夫老板啊，乙姬小姐在澡堂里被挤住，听她的哭声道，清清摩伽摩伽，哦削里科削里科。可见乙姬与澡堂有关系，所以舀热水的人这么的说。小孩游玩，弯起一脚，只用一脚跳走，称为清清摩伽摩伽，其他有音无义的词句不能悉详。

[113]出口氏注云，普通澡堂所用的雇工多是北方的越中人，现今东京澡堂的主人亦仍以越中人为多。北地乡间人照例比较迟重，这人却能说会道，近似江户子，所以说是希罕难得。

倒溺睡醒嘛。”[114]

使女：“嗳，别老说闲话，快点舀好不好。真叫人发急。”拿着小桶走了。——“阿圆姐，梳了头了么？好得很！是你自己梳的么？”

阿圆：“嗯，不是的。是老板娘梳的。”

使女：“所以嘛！相貌格外漂亮了！”

阿圆：“这个那个的，哼，真有的说呀。”

使女：“可不是么。”

阿圆：“喂，你们家的老板娘可不是梳子[115]也很高妙么？”

使女：“什么呀，说些漂亮话儿。什么梳子呀，该死呀，这种上流话真不成样子。老老实实的说头发吧！我是交关的听了讨厌。因为是在人家做事，说什么老爷佛爷，什么正是然则，[116]也是没法，过着穷日子的人是用不着的呀。至少在来洗

---

[114] 日本俗语云七转八起，即跌倒七回，爬起八回，初谓人生升沉无定，后来说是抗争不屈。这里利用发音近似，说成“汤屋转寝起”，也是当时江户子所爱玩的一种把戏。

[115] 出口氏注云，旧时称发为梳，因对于贵人的头发不便直说，所以间接指发梳为代，乃是古代封建遗风，在旧式人家仍在袭用。

[116] 江户时代武士以上阶级用语与平民不尽相同，在对称敬语，名物称呼之外，也还多有，如是曰正是，那么曰然则，皆是。

澡的时候，可以使用平常的话语，要不然真是受不了啊。”

阿圆：“那么，你这家伙那里的家主婆儿，挽起头发来的事情是很高妙吧？”

使女：“喂，高妙是高妙，又怎么呢？你那里的主人仔刚才滚到我们家来，同了我们的头领仔正在灌黄汤哩。一时不见得就会了事，所以交付给家主婆儿去，我独自跑到澡堂里去，不知道什么时候你也已经滚来了。你滚转那边去，我给你擦背脊，随后再给擦我的背脊吧。你又是要给我很痛的擦吧？——啊，气都回不过来了！咦，真累得很！”[117]

阿圆：“你等着吧，你无论怎么说擦，可是我的擦澡布[118]掉了，所以拿你的擦澡布给擦吧。汤热就对上些凉水去。小心你不要再滑倒了，慢慢的擦去吧！——啊，气都回不过了！啊，真累了！”

使女：“这样子，岂不像是在吵架么？啊，现在觉得清爽

---

[117] 这里上下两节对话，原文全用市井俗语，特别除动词本身外，一一使用“反敬语”的助词部分，除来去可用“滚”，喝酒可用“灌”外，译文无法表现，只好仍写作平常口气了。因为特地要这些说，说了一大串，所以末后气息不属，觉得很累了。

[118] 擦澡布以前多用羽毛纱小片，包在手巾一角的上边，蘸水擦身，善能起垢，胜于海绵。

了。在家里那么的，尽是您这样，您那样[119]的一套，真是叫人难受。实在实在讨厌透了。”

阿圆：“可不是么。喂，阿方姐，[120]你的钗子已经接好了么？”

使女：“嗯，还不呢。喂，刚才你挨了骂，是为什么呢？”

阿圆：“板上贴浆洗的东西，说把大襟贴歪了，就为的这事。在拆衣服的时候，把肩头撕破了，还有用熨斗烫得发了亮光，这两件事情也总是顺便都要数说的。”

使女：“我们的家里是，打破了南京海碗[121]的事情，每回数说的时候是要带着说起的。真是听了烦腻得很。老是那么想不开。数说些废话，反正打破了的海碗并不会得复原了。我们那里的恶婆，真是唠叨数说的本家老祖宗[122]

[119] 原文“这样，那样”都下连动词，而这动词系专用敬语“使游”（asobasé）一字，平常可以替代“为”字，亦并加在别的动词底下，表示尊敬，实在却是麻烦讨厌得很，例如散步，说成“御散步使游”，想起来是无意义得很可笑的。

[120] 这里阿圆叫出她的名字来，原文云“阿贝卡”，没有适宜的字可译，姑与阿圆相对，意译为阿方。

[121] 海碗系比饭碗更大的陶器，因为当时系从中国方面输入，故称为南京海碗。

[122] 原文“本家”，用于家族上是大宗这一支派，用于商家则是起首老店，这里大概兼用这些意思。

吧。——前几时三马做的叫作《早变胸机关》[123]，好玩的绣像书出来了。在那里边学婆婆媳妇的说话，正是那个老婆子的样子。而且，你们和我们的事情，也都写着在那里呢。好像什么事那里都有哩！说是今年里顶好的好玩的书，店里的人大众都买了一本，各自拿着。你去借来看看吧。好玩的不得了。”

阿圆：“唔，那个么，看过了，看过了。挨骂的小徒弟立即变成了伙计，媳妇变成了婆婆，而且又是丰国的画，那画真是画得很好。看着的时候就要笑出来。而且价钱又便宜，新年送人倒是正好，所以我们那里也买了好许多。”

使女：“说着这样的事情，又要被写到绣像书里去，不如早点停止吧。——喂，阿圆姐，你不进去么？”

阿圆：“唔，进去吧。”跟着进到浴池里去了。

在这里口头告白一声：媳妇诽谤婆婆，婆婆虐待媳妇，使女诽谤主人，这些事情在叫作《早变胸机关》那小册子里记得很详细，所以在这书里就省略了。还有些希罕的媳妇婆婆的说

[123]《早变胸机关》中本三册，文化七年（一八一〇）出版，也是三马的一种重要著作。

白，将来收在三编里请赐观看。[124]

一四　乳母和看小孩的争论

肃静，肃静！[125]三十四五岁的乳母把一个四岁左右的梳着唐儿髻[126]的女孩放在留桶里边，一面哄着她，给她剃顶搭[127]。旁边是一个年纪十三四岁的看小孩的女儿。

看小孩的："奶妈，这之后，也给我的后襟剃一下吧。"

乳母："哼，哪里来的话！[128]要剃后襟和脸孔，还不如先去把鬓角上的那秃疤瘌治好了吧！这额角活像是拗掉了嘴的广岛汤罐[129]嘛。说起头发，又黄又卷，像是同油豆腐一起煮过了的样子。还是别搞那些臭美吧。"

看小孩的："喂，奶妈，你不剃末，就不剃完了。怎么那

---

[124] 作者在书中出面说话，是古时小说的一种手法，这里更利用了直接作广告，那是三马的特点，后来别处还宣传他所发卖的药品，更是进了一步了。作者虽然预告本书三编的内容，可是才隔了一年三编出版，所说媳妇婆婆的说白却并没有，大概在写作的时候已经把广告说过的话忘记掉了。

[125] 参看前编卷下注［63］。这里并无什么特别用处，只是模仿戏台的开场，说起话来而已。

[126] 唐儿即是说中国小孩，这是旧时小女孩所梳的发髻，顶上作双环。

[127] 日本在维新前男人均剃去前额及头顶一部分头发，小儿则剃去四周，女孩亦然，只留上头，亦可以挽髻。

[128] 原语说是"太是出奇"，叫人听了惊异得发呆，今意译了别的一句话。

[129] 出口氏注云，广岛出品，用黄铜所制的开水壶，上面多雕出云龙模样。

样的盘货[130]，也用不着呀！我的头如果是海带煮油豆腐的话，那么你的满积着肤皮[131]的头正是鹿角菜拌麻豆腐[132]哩！的确，你这位太太是美得很！”嘬出嘴唇来说着。

乳母：“是有点儿不一样嘛！”

看小孩的：“所以同普通人是有点儿不一样的嘛！鼻子仰天，在说楼上有些布焦臭哩。牙齿是暴牙，想要去窥看板廊[133]底下。嘴巴老是张着，就是拖着铁棒，耳朵也总是远哩远哩的。”[134]

乳母：“这个鸦头，你好好的记住了！”

---

[130]“盘货”原指商家在某一期日，将店中存货盘查一过，引申作为列举别人缺点，有如将架上搁着的货物，一一拿下来报名，所以原语意云“卸架”。

[131]这是头上的皮屑，浮在头发中间，与一般头垢不同，日本旧用汉字“云脂”，似系中国传去的别名，似无可查考。

[132]鹿角菜日本相沿用汉名鼠尾藻，系一种可供食用的藻类，色黑，枝干歧出，故名。麻豆腐与北京用绿豆滓所制者不同，乃是豆腐中和以白芝麻，日本名为白和。

[133]日本房屋盖是南洋系统，地板离地面颇高，大抵有一尺许，特别在檐前廊阔二三尺，下有空隙甚多，因板廊称“缘”，故此名“缘下”。在中国无此类构造，亦遂无近似的名称，如日本俗语谓出力无人见为“缘下用力”，在中西房屋中均无例可引。

[134]拖铁棒见上文注[31]。查夜人兼管火警，如遇市中有火烛，便报告住民，说明远近，如距离远则云远哩远哩。这里上句说她到处多嘴，说人是非，是拖铁棒的本义，下句又利用远哩的话，说她耳朵不灵，因为日本语说耳朵远意思即是说有点聋了。

看小孩的：“我不记住怎么办？那么，你为什么说我的坏话的呢？”

乳母：“因为是坏，所以说的是老实话嘛。”

看小孩的：“我也是这样的呀！”

乳母：“还不服么？你这嘴强的家伙！”

看小孩的：“如果我是嘴强，那么你是屁股强喽。”

乳母：“什么，这个虱子精！”

看小孩的：“这个狐臭精！”

乳母：“我什么时候有狐臭？”

看小孩的：“我也什么时候长虱子了？”

乳母：“你没有搽锅屋药么，[135]烂眼的家伙？”

看小孩的：“不是在搽茄子药么，胡狲眼儿？”[136]

乳母：“什么，这个脏鸦头！”

看小孩的：“哼，爱打扮的奶妈子，不成东西！”

乳母：“又想哭了吧，阿姑？那么样的坏家伙，你别理她

---

[135] 锅屋药普通称为锅屋带，亦称虱子带，锅屋盖是药店的字号，在布条上涂上一层灰黑色的药，系在身上可以辟虱子云。本文说搽，因为不说出是带，所以当作平常药膏，其实这种药是不可以涂在皮肤上边去的（据冈田甫的川柳末摘花注解）。

[136] 据出口氏注云，一名八方散，凡赘疣红黑痣，白癜风白云疯均有效。本文所说，似可以疗治腋臭。胡狲眼儿系骂人眼圆而凹下。

好了。阿姑，你静静的，是剃着头哩。”

看小孩的学样说话：“阿姑，你静静的！看那副样子！——是剃着头哩！”

乳母：“吵得好讨厌！误人家的事哩。要是理你，人家就要动起肝气来。真厌烦得很！”

看小孩的：“你的肝气会得要犯上三年。——阿姑，阿姑，你别静静的坐着。摇头摇头，摇动你的脑瓜吧！这么的做，让你的脑瓜剃得交关痛，奶妈就大大的倒霉了。嗳，爽快得快！你还要摇头动得更快些。”

乳母：“不行呀！脑瓜那么摇动，头就剃不好了。好好的剃了，成了一个好姐儿，去让妈妈称赞去吧。喂，后边还有那么的一剃刀，哦呀，成了好孩子了呀！”

看小孩的：“哦呀，成了一个脏孩子了！”

乳母：“吵得好讨厌！这不是成了那么好的孩子了么？喂，阿姑，大概今天要带了上神道老爷[137]那里去吧。”

女孩：“阿奶，痛！完了算吧。”

乳母：“嗳，嗳！只有一丁点儿了。哦，哦，这个，这个。

[137] 原文云“诺诺萨玛”，日本小儿语称日，月，神，佛均为“诺诺”，后加敬称“萨玛”，中国因别无小儿用语，故无适当译语，今只好译其大意而已。

毛虫来聚在一块儿，现在奶奶正在剃掉毛虫哩。咦，啊呀啊呀，真是可恶的毛虫呀！喂，喂，脏得很！嗳，腌脏腌脏！啊，啊，还有些毛虫——”

看小孩的：“阿姑，那是诳话呀！那并不毛虫。你说，不成不成吧！”[138]

乳母：“你又来多嘴么？——那么老实的让剃着头嘛，阿姑，回头拿什么当奖赏，舔娃娃呢，还是一律四文的娃娃好呢？”[139]

女孩：“嗯，要番太[140]的。”

看小孩的：“番太的炭结[141]么？”

女孩：“嗳。”

---

[138] 意思叫他摇头表示。

[139] 舔娃娃是指一种用木头或陶器做成的玩具，形似洋娃娃，但一头可供婴儿用嘴去舔，有地方便直叫作 oshaburi，意思即是御舔或阿舔。一律四文的娃娃系四文均一的廉价玩具，不论何物每个均售四文钱。

[140] 番太是番太郎之略。当番即是值班，凡值班在看守着的便都叫作番人，诙谐的去当做人名，又改成番太郎了。这里是指江户时代的制度，在街道上分区设置番小屋，即是番人值班的公所，里边住着番人和他的家眷，晚上拖着铁棒查夜，平时传达公务，有似巡丁兼任地保。收入当然很是微薄，所以番太郎那里往往带卖种种杂货，如草鞋，扫帚，火盆，草纸，蜡烛，据下文可知也卖炭结。又在冬天售卖烤白薯，夏天则卖金鱼，小孩所用玩具及粗点心，亦有寄售，大抵四文一件云。

[141]“炭结”本应据古文作“炭墼”，《吴下田家志》载九九消夏谣云，九九八十一，家家打炭墼。今从俗写作结，北京今称炼炭。

乳母：“阿姑是老实，所以说了嗳。什么，这哪里会是炭结呢。是在番太那里看过的骑在达摩肩上的小孩儿吧？[142]当然要买给你的。咦，现在是剃第二遍了，轻轻的只摸一下就好啦。”

女孩：“嘎哩嘎哩的要痛呀！”

乳母：“哪里会，阿奶给剃是不痛的。喂，好了好了！哎，干净得很，成了好孩子了！”

看小孩的：“腌脏得很，成了脏孩子了。阿姑是个脏孩子吧？”

女孩：“嗯，好孩子，不是脏孩子。宝宝是好孩子，愚太官[143]是脏孩子，阿奶，是不是？”

乳母：“是呀，是呀！”

看小孩的：“不，愚太官是好孩子，阿姑是脏孩子！”

女孩：“唔，不是这么样！”

乳母：“又来找麻烦了！真是，真是一刻工夫都不肯不说话的。回家去给告诉太太吧。怎么办，你记住了吧！”

---

[142] 出口氏注引山中翁说，此系今户的泥烧玩具，在达摩肩上坐着一个系肚兜的赤体小孩。

[143] 愚太系愚太郎之略，乃是小孩的小兄弟的名字。“官”字原文作“样”，是普通的称号，无适当的译语，南方方言称小孩为阿官，似尚可利用。

看小孩的："哼，什么事都没有。那边如果是阿姑的奶妈，这边是看愚太郎阿官的人呀！不是不重要的嘛。是看管传宗接代的小主人的呀。哎，若是在《先代萩》里边，那正是政冈[144]的地位嘛。做起戏来，那是半四郎[145]脚色哩。这是有一点儿不一样的呀！"

乳母："啊，吵闹得很！请来吧，正像是讨饭婆子来了的样子！[146]愚太官虽然是男孩，可是次男，[147]所以是不中用的。阿姑是老大，所以该是嗣子，对不对，阿姑？将来不久，就会有好姑爷到来的。愚太官是脏孩子，所以走出到别处去。"

女孩："宝宝是好孩子。"

---

[144]《伽罗先代萩》参看前编卷下注[19]。乳母政冈一心为了小主人鹤喜代，甚至牺牲了自己的独子千松也在所不惜，终于成功，是民间最得人同情的一个戏剧中的人物。

[145]岩井半四郎系当时一个名优，原文写作"半四郎"，注音却是大和屋，这乃是他的字号。

[146]上文末了这一句原本说是很是郑重拉长，与讨饭婆子高叫"请赏赐一点儿吧"有点相像，所以乳母这么的说，译文也只用意译了。

[147]日本家族制度根据封建礼法，偏重大宗，照例一切家产悉归长男，作为嗣子，次男以下均不得分享，例须分出去自立门户，或给人家当赘婿与养子。又子女分长次系男女分算，不像中国的以年岁计，所以男孩即使生在第四，也称长男，上边的三个女儿则依次称长女次女三女，嗣子的权利还是属于男孩。这里依日本惯例，愚太郎虽生在第二，却仍是长男而非次男，其名字便是证据。乳母所说只是帮助那小女孩的话，与事实是不相符的。(例外的事如长男荒唐浪费，或别有事情，家长决定"废嫡"，改立别的儿子为嗣，或由女儿继承，招女婿入赘，那也是有的。)

乳母:“嗳，嗳，自然是好孩子！”

看小孩的:“不，不！——可是，在前几天里，老爷同太太在讲话，说把愚太定为嗣子吧。”

乳母:“什么，哪里会定为嗣子？这个阿姑虽然是女孩，但总是老大，所以不会送到别人家去的。有了那么的讲话也总是不行，我要反对到底不答应的。”

看小孩的:“无论你怎么的挣扎，咬得动么？[148]又并不是你的儿女。”

乳母:“是我所喂养大的，所以和我的儿女是一样的。”

看小孩的:“无论怎么样，嗣子是我们的愚太官了。”

乳母:“嗯，不是，那是我们的阿姑！”

看小孩的:“是愚太官！”

乳母:“是阿姑！”

看小孩的:“是愚太官，愚太官，愚太官，愚太官，愚太官！愚太官，愚太官，愚太官，愚太官！”

乳母:“是阿姑，阿姑，阿姑，阿姑，阿姑！阿姑，阿姑，阿姑，阿姑，阿姑！”

看小孩的:“可恶的奶妈！打她几下吧！这么，这么，这

[148] 此句系直译，意思只是说你胜得他过么罢了。

么，这么！”装作打的样子。

女孩：“打阿奶不行！”拉长了声音。

乳母：“你看吧，终于弄哭了！——哦，哦，请你饶恕了吧，饶恕了吧。那真是可恶的家伙呀？”给小孩吃奶，把她哄住了。

一五　关于旧衣服和簪的事情

在石榴口外边一个塌了鼻子孔的中年的女人，[149]在绞着手巾。

阿疮：“阿疾姐，[150]你快点上来吧。我虽然是已经晚了，但是为了你，我还是可以奉陪的。”

阿疾：“多谢了。那么我同你一起上来吧。——喂，前几时的那钗子怎么样了？”

阿疮：“是那京式的么？”

阿疾：“嗯，是京式的呀。”

阿疮：“买了。”

---

[149] 原文系指二十以后至四十岁的女人，盖兼盛年中年而言，一般中年是指三四十岁，译文因用壮年不甚妥恰，故只笼统的说是中年。这乃是艺妓出身的女人，因梅毒而塌了鼻子，她的同伴名叫阿疾。梅毒亦称“湿气”，音读疾湿二字相同。

[150] 原文在阿疮的说白中，都特别写出鼻音，表示塌了鼻子，但译文中却无法保存了。

阿疾："买了么？"

阿疮："嗯。"

阿疾："我的那个，方棱琴柱的那个，有点过时了，我想把它来改打了呢。"

阿疮："那么办好吧。不要那方棱琴柱，照我那样改用古式的，做成蔓草花样的细雕刻好了。"

阿疾："唔，我就那么做吧。近来说是带着捆猴儿的插簪[151]很是时兴哩。我也并不知道，是听货郎担[152]的那个咭哩呱啦的家伙说的。"

阿疮："那家伙尽说些奉承话，一点都靠不住。还有，到你那边去的，那竹马担[153]要是走过的话，请你来叫我一声。"

阿疾："竹马担么？那个卖零剪的是没有预备着什么像样

---

[151] 插簪是在簪上另插入装饰品，这里所说捆猴儿便是一种。这本系小孩的玩具，与本编卷上第八段中的"猴儿枕头"（注[177]）相似，不过更小，又四脚捆紧几乎集中一处，与头相凑，一看好像是北瓜模样，除作为玩具外也作装饰用。此处用于簪子上，乃是金属所制的吧。

[152] 原文云"小间物屋"，论理也可以译作杂货店，不过这里所卖的东西比一般杂物还要细一点，大抵是妇女用品，"小间"本是细字的意思，与真是出售杂货的"荒物屋"相对。这里所说又是担了货物兜售的，与中国货郎担很是相似，所以就这么改称了。若不挑担而是店铺，在中国旧时大概该称作香粉店的吧。

[153]"竹马"系直译原文，因为这种行商人所挑的担子便叫作竹马。这是竹笼或箱子，底下有几寸长的四根竹子当脚，可以站着，不怕沾土，所以有此名称。这担子所卖的是旧衣服，零剪布片，所以下文译文中也就称作卖零剪的了。

的东西的。昨天的确是走过了。傍晚时候我留心等着好了。你买些什么？”

阿疮：“只要有半身[154]的材料，可以做成一件妖精衣服[155]来，这是我的漂亮想头呀。还有，想补充坎肩的肩胛部分，看有什么粗织条纹布，买一点也好。”

阿疾：“这样的物事会得有的吧。因为是很寒伧的卖零剪的，价钱倒还适当，就是货色少呀。前几时看见过，有甚三红绸材料的过时货，[156]是个全身，讨价说是两铢搭四百，[157]还他价钱还可让去些。如果价讲好了的话，我们来分它个半身吧。”

阿疮：“哼，那是好的。三件头[158]如果不是亮眼的买，回头就会不中用的。”

阿疾：“是啊。前些日子拆开布袍的里子，什么地方手一碰着，就都要破了。光只穿了一个冬天，那么样真是要不得。

---

[154] 日本衣服拆开之后，在大襟袖子之外，总计左右衣身两片，这一片便称作半身。

[155] 据出口氏注云，当是用旧布片拼凑缝成的衣服，有如妖精的蒙混人。

[156] 甚三原系人名，由他创始用茜草染出一种红梅色，“过时货”原文云“八点过的货色”，旧时八点即现今的午后二时，过了中午已久了。

[157] 银二铢即一两的十六分之一。“四百”原文读作“一串”，据出口氏注云系用宽永四文钱，一串百文，作四百文使用。

[158] 出口氏注云，系指棉衣拆开，表里两枚之外，另有棉絮，故有此名。三田村氏则谓是单衣，三件系指衣身，襟与袖子，说似更为简要。

而且，这还是去年里买的三件头呀。还有平常穿的衣服的裾沿，用秩父绢[159]是老要磨破，今年改用了茧绸[160]，很是结实，好得多了。你那里的香八[161]老板，也给他这样做了穿着好吧。”

阿疮：“这么办一定是很好吧。”

阿疾：“喂，阿疮姐，这是别的事情，因为刚才说到钗子，想了起来了。因为什么都是古时的式样流行着，所以簪子不久也会得流行起古时的式样来的吧，货郎担这么说，拿样子给我看来。这个，我且来画出来看，不能画得好，只是样式罢了。”在地板干燥的地方，手指蘸了小桶的水，用指尖画了出来。[162]

阿疾：“你看这个，正是这个模样。很是奇妙吧。更长些，大些的也还有。这是玳瑁的。这里有那斑斑点点的东西哩。”

阿疮：“哎呀，哎呀！这是怎么的？这才真是古式的簪子哩。哎呀，哎呀，这怪得很呀。”（图一）

---

[159] 用作衣里的绢材，出在秩父郡地方。

[160] 出口氏注云，从中国输入的一种绸类，系用柞蚕的丝所织。

[161] 这当系阿疮的丈夫的名字，原文作“不我八”，不大像人名，译文勉强找寻同音的日本方言，换写作香八，字面比较好看。

[162] 原文在下边三处附有图画，在旁边并有一个长方框，内有字三行云：这些簪子的图见于贞享四年印本《女用训蒙图汇》中，距今文化七年，已有一百二十四年了。贞享四年即公元一六八七年，算到一九五五年应该相距二百六十八年了。

图一

阿疾："还有这个模样的呢。这么，这样，这样，这么一来。奇妙吧？正像是篦子的样子。"（图二）

图二

阿疮："是这个么？我倒以为这是弹三弦的拨子呢。哦呵呵呵呵！"

阿疾："还有这样的，这样的，说是有。说乡下的老太婆们所戴的。"（图三）

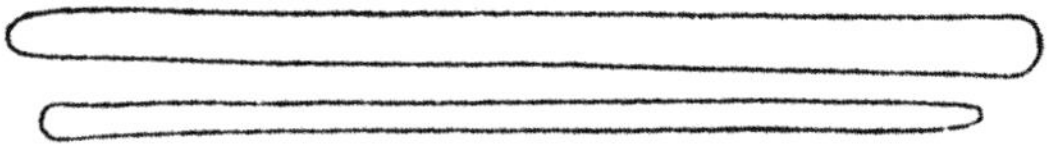

图三

阿疮："真是的，是古风的东西。新式的花样用完了，就又回到古时去，不久这样的簪子会很时兴的吧。"

阿疾："阿哈哈哈！"笑着一面用手指画来画去，把这些都涂抹掉了。

一六　关于祝贺的谈话

这时候一个傲慢自大的大娘，梳着时兴的变样岛田髻，抱着浴衣，走了进来，向着二人开腔。

傲慢："哎呀哎呀，你们来了么？很是安静呀。"

二人："这几天没有见到您，您身体好么？"

傲慢："是呀，不知怎的种种喜事重叠的来，你且听听吧。那个大隐居[163]的夫妇，一个是一百零五岁，一个一百零三岁了，要从头的庆祝。"

二人："这是恭喜的事情。"[164]

傲慢："这之后，中隐居做八十八岁的米寿[165]。"

二人："这是恭喜的事情。"

傲慢："这之后，你且听听，其次的隐居七十岁。"

二人："那是恭喜。"

傲慢："他的太太是六十一岁的花甲重逢。"

二人："重重的恭喜的事。"

---

[163] 关于隐居，参看前编卷上注[65]。大隐居，意思是说上一代的隐居，即当代隐居的父亲吧。

[164] 这里原文如此，二人同说似不甚妥当，但也不能分出这是哪一个来。

[165] 出口氏注云，日本古时自四十岁以后，每十年祝贺一次，至足利时代末期（中国明朝中期）民间始于四十二，六十一，七十七，八十八岁时举行庆祝。米字可以拆开为八十八，故有米寿之称。

傲慢："他的妹妹的六十岁寿辰。"

二人："真是恭喜。"

傲慢："我家里人的五十岁寿辰。"

二人："真是恭喜。"

傲慢："当头孙子的七岁祝贺。"[166]

二人："哎，这真是恭喜。"

傲慢："第二个孙子的五岁祝贺。"

二人："真是，真是恭喜的事。"

傲慢："小孙子的三岁祝贺。"

二人："真是，这又是恭喜的事。"

傲慢："重重叠叠的喜庆事情，现在来拍着板唱一下子吧。"

二人："这个且来拍着板，唱一下子吧。"

傲慢："留发，着袴，解带子，冠礼，娶妻，嫁女婿，还有添儿女！"[167]

---

[166] 日本旧俗小孩有七五三的祝贺，这里分为男女两项，男子在三岁五岁时，女孩在三岁七岁时，大抵于当年的十一月十五日举行。这里说长孙七岁的祝贺盖是为凑热闹，男孩照例五岁时着袴，虽然也有在七岁举行的。

[167] 旧时男女孩均于三岁留发，男孩五岁着袴，即古代的裳，女孩七岁系带，因为废去纽带而改用阔长的腰带，故古来称为解带。男儿十五六岁时行冠礼，古时束发加冠，江户时代剃前发结髻，表示成年。

二人："恭喜，恭喜，真是恭喜，而且，咦，又是乱来的恭喜！"

傲慢："七珍万宝，结实装满的库藏，数目是十千万所！"

二人："真是恭喜，结实装满的恭喜，数目是十千的恭喜，嘴里说不尽的恭喜，在恭喜的春天初开笑口的当儿，表示恭喜的意思。"[168]

---

[168] 这一段杂说祝贺事情，只是取意于新年说好话而已，因为此类小说常于新正出版，即在本文也多说及，如卷头"大意"末尾便是。

后　记

我译这《浮世澡堂》两编四卷，是当作日本古典文学作品办理的，竭力想保留它原来的意味，有时觉得译文不够彻透，便只好加注说明。这四卷书里，一共有了注六百条，真是太多了，虽然我自己觉得有地方还有点不够。这里我想解说一句，读者中间有只要看故事的，走马看花的读一遍就好，这些注没有用处，就请跳过去好了。若是想要当作外国古典作品去了解它的读者，在译文中碰着不大明了的地方，查一下注解可以得到一点帮助。注已经不少了，可是现在还要来补充一点，说明两三件事。

其一是关于澡堂的。在本文与注中已零星说及，这里再来比较概括的一讲。据久松祐之著《近世事物考》云：

“天正十九年辛卯（一五九一）夏，在今钱瓶桥尚有商家时，有人设浴堂，纳永乐钱一文许人浴，是为江户汤屋之始。其后至宽永（一六二四至一六四三年）时，自镰仓河岸以至各处均有开设，称风吕屋。又有汤女者，为客去垢洗发，后乃渐成为妓女，庆安（一六四八至一六五一年）时有禁令，此事遂罢。”

讲澡堂里面的情形的，在寺门静轩著《江户繁昌记》二编中有“混堂”一篇，用俳谐体汉文所写，颇为详细。第一节总说云：

“混堂或谓汤屋，或呼风吕屋。堂之广狭盖无常格，分划一堂作两浴场，以别男女，户各一，当两户间作一坐处，形如床而高，左右可下，监此而收钱戒事者谓之番头。并户开牖，牖下作数衣阁，牖侧构数衣架，单席数筵，界筵施阑。自阑至室中溜之间尽作板地，为澡洗所，当半通沟，以受余汤。汤槽广方九尺，下有灶爨，槽侧穿穴，泻汤送水，近穴有井，辘轳上水。室前面涂以丹雘，半上牖之，半下空之，客从空所俯入，此谓柘榴口，牖户画以云物花鸟，常闭不启，盖蓄汤气也。别蓄净汤，谓之陆汤，爨奴秉勺，谓此处曰呼出，以奴出入由此也。奴曰若者，又曰三助，今皆僭呼番头，秉勺者曰上番，执爨者曰爨番，间日更代。又蓄冷水，谓之水舟，浮斗任斟。陆汤水舟，男女隔板通用焉。小桶数十，以供客用，贵客别命大桶，且令奴摩澡其脊，及睹其至，番公柝报，客每届五节，投钱数缗酬其劳云。堂中科目大略如左，曰官家通禁宜固守也，男女混浴之禁最宜严守，须切戒火烛，甚雨烈风收肆无定期，老人无子弟扶持者谢浴焉，病人恶疾并不许入，且禁赤裸入户，并手巾罩颊者。月，日，行事白。”

篇中又描写浴客情状，亦颇巧妙，大部分却与《浮世风吕》相似，盖三马著书四编成于文化九年（一八一二），静轩书则在天保五年（一八三四）出版，承袭情形显然可见。如云：

“外面浴客，位置占地，各自磨垢。一人拥大桶，令爨奴巾背。一人挟两儿，慰抚剃头，弟手弄陶龟与小桶，兄则已剃在侧，板面布巾，舒卷自娱。就水舟漱，因睨窥板隙，盖更代藩士（上京值班的武士），踞隅前盆，洗濯犊鼻，可知旷夫。男而女样，用糠精涤，人而鸦浴，一洗径去。醉客嘘气，熟柿送香，渔商带腥，干鱼曝臭。一环臂墨，若有所掩，满身花绣，似故示人。一拨振衣，不欲受汶汶也，赤裸左侧，恶能浼乎。浮石摩踵，两石敲毛，披衣剪爪，干身拾虱。”又云：

“水泼桶飞，山壑将颓，方此时也，汤滑如油，沸垢煎腻，衣带狼藉，脚莫容投。女汤亦翻江海，乳母与愚婆喋喋谈，大娘与小妇聒聒话。饱骂邻家富贵，细辨伍间长短。讪我新妇，诉我旧主。金龙山观音，妙法寺高祖，并涉及其灵验，邻家放屁亦论无遗焉。”此系同时代文人所写，很足以供参考，补注文之不足，其有琐屑学三马的叙述，古文别扭，今且从略。

其二是关于落语的。落语在日本成为一个定名，在中国可以说即是“笑话”，不过现在没有这一种专门的“说话人”罢了。原板的《浮世风吕》，在标题上头写着两个字道“诨话”，这就表明它是从笑话的系统里出来的。又在卷头一叶插画里，下半画着伙计坐在账台上的情形，（两旁的一幅对子却非日本所有，乃是从《清俗纪闻》卷二抄来的，虽然不知道中国浴堂在清朝是否如此，）上半刻着作者的一段声明，后来编订的人不把它算在本文中间，其实却是很有意义的。原文十三行，今译录于下：

“一天晚上在歌川丰国的寓里，听到三笑亭可乐的落语。照例的能说会道，善通人情，诙谐无比，只可惜其趣向仅能陈述十分之一。旁有书肆中人，同我们一起感觉欢笑，忽发欲望，提议以此浴堂的故事为本，省去花街柳巷的事情，却增补些俗事的可笑部分，请为编写。乃应其所需，先试写男堂之部为前编二卷。”

这里更是明白的说明所受落语的影响，而这说话人更是有名字的三笑亭可乐。据三田村氏说，江户旧有笑话书，有人在路旁摆摊说笑话的，也有两个人对说像是中国的“相声”的，但是独说较长的笑话，而且在屋里的，这在江户成立很晚，而开始的人就是这位可乐。他本来是木梳店的一个工人，本名是又五郎，宽政十年（一七九八）在下谷的一个庙里，同了两三个朋友初次试办，只搞了五天就中止了。到了文化元年（一八〇四）才又在下谷广德寺前的孔雀茶屋，开办夜讲，这以后似乎成功了，但文化六年三马写前编那年，听到可乐的落语还是在朋友家里，这以后才有专演说书落语等杂耍的“寄席”，到了文化十二年，江户市中一总已有七十五处，可见那一时期的落语的势力了。

落语即是诨话，因为笑话说到末尾着落处，有一紧要结束语，使人发笑，这便叫作“落”，所以名为落语。在寄席说落语的情形，我们还是来借用《江户繁昌记》里的话吧，因为这是当时人的见闻，所以很是真实。原文第三节云：

“落语家一人上，纳头拜客，篦铺剃出（案此云剃头铺的徒弟），儒门塾生，谓之前座。旋尝汤滑舌本，帕以拭喙（原注，折帕大如拳），拭一拭，左右剪烛，咳一咳，纵横说起。手必弄扇子，忽笑忽泣，或歌或醉，使手使目，踦膝扭腰，女样作态，伧语为鄙，假声写娼，虚怪形鬼，莫不极世态，莫不尽人情，落语处使人绝倒捧腹不堪。剃出始下，此为一出，名此时曰中入（案即戏半休息）。于是乎忍便者如厕，食烟者呼火，渴者令茶，饥者命果。技人乃悬物卖阄。早见先生上座，亲方

（案如曰老头子，原称同业同帮的头儿，今指落语大家，即前座的师父辈）是也。三尺喙长，辩惊四筵，今笑妙于向笑，后泣妙于前泣，亲方之粹，剃出何及，人情穿凿，世态考证，弟子固不若焉尔。”静轩后七十五年，森鸥外著《性的生活》，写十一岁时在寄席听落语的情形云：

“刚才饶舌着的说话人起来弯着腰，从高座的旁边下去了，随有第二个说话人交替着出来。先谦逊道，人是换了，却也换不出好处来。又作破题道，爷们的消遣就是玩玩窑姐儿。随后接着讲工人带了一个不知世故的男子到吉原去玩的故事。这实在可以说是吉原入门的讲义。我听着心里佩服，东京这里真是什么知识都可以抓到的那样便利的地方。我在这时候，记得了元宝领受这句奇妙的话。但是这句话我以后在寄席之外永远没有遇着过，所以这正是在我的记忆上加以无用的负担的言词之一。”算起来这是明治三年（一八七〇）的事，距今也已有八十五年了。

三马这部《浮世风吕》，加上那别一部《浮世床》，所以如三田村氏所说，可以说是日本的落语小说。他借了澡堂作为舞台，让那些男男女女，老老少少走上台来，对唱说白，表现自己，利用说话人的经验手法，是很巧妙的做法。他又依照书肆中人的说话，省去了花街柳巷的事情，更显出新的机杼来。堀舍次郎（双木园主人）在《江户时代戏曲小说通志》中说得对：

“文化六年所出的《浮世风吕》是三马著作中最有名的滑稽本。此书不故意以求人笑，然诙谐百出，妙想横生，一读之下虽髯丈夫亦无不解颐捧腹，而不流于野鄙，不陷于猥亵，此实是三马特绝的手腕，其所以被称为斯道之泰斗者盖亦以此也。”

但是这落语小说在本质有它的短处，这是无可如何的事情。因为笑话不能说得太长，日本演落语一则不知道要多少时间，我想总不能多过十分钟吧，因此无法写成长篇的小说，要用好些小篇连接起来，又苦于断断续续的，没有贯串的线索。本书每编差不多就要有十个以上的场面，只因为内容好玩，所以勉强撑住的。可是，这如拖得太长了，就难免要显出单调来，这在作者本来也是很明了的。三马最初写的是前编两卷，这表明他原意只想来写两编就完了，但是因为前编生意不坏，所以接下去写了二编，后两年里又刊出了三四编，后边广告上还说有五六七编陆续出版，结果不曾实现，虽然在四编出书之后他还活了九年，直到四十七岁时这才去世。由此可知作者自己知道，这书不能尽续下去，那三四编已经是后来增加，照他本来计划大概原只是前后编男女堂各两卷罢了。这回翻译最初也曾想把四编全部译出，因为译注工作繁重，分量太多了，恐怕读者要感觉单调，也不大好，所以只以前两编为限，如果将来有全译的要求，那时当再考虑这个问题。

其三是关于武士的。日本有批评家说《浮世风吕》只是逗笑，至少对武士没有表示什么讽刺。这批评是正确的，但是替三马设想，这澡堂的舞台上实在没有用武之地，这是可以了解的事。不过一般的想来，日本笑话上的确也少有挖苦武士的。在社会事实上曾经有过市民（町人）与武士的冲突，所谓市井侠客（町奴）与旗下侠客（旗本奴）的斗争一时很是猛烈，经政府弹压这才逐渐下火。市井侠客首领幡随院长兵卫的故事至今脍炙人口，在歌舞伎上是顶有声名的一出戏。事情过去了，但是游侠的风气还留遗在市井间，特别在博徒与水龙队员那里，本书前编第十八段与醉汉争吵的豪杰可以说是这一路的人物，而那个醉汉虽然不明说，可能代表武士这一流人的吧。在室町幕府时代（十五六世纪）日本狂言里还写过些傻侯爷怯武士，那时幕府奖励能乐狂言，所以似不妨说，而且看的统治阶级以为是在说“他们”，与自己是不相干的。到了江户时代，德川幕府更聪明了，一味提倡儒教，一切“下克上”的表现是不能容许的了。笑话里边偶尔有一两则，如《座笑土产》中“新刀”，其文云：

“有人得到一把新刀，招集朋友说，今天晚上去试这把刀，大家都来看吧。走到人迹稀少的地方，看见在桥上躺着的一个乞丐，映着月光看去，倒是个胖胖的家伙。喂，就试斩那个家伙吧。说着嗖的拔出刀来，拍的一下砍着，大家散开又聚到一起来。主人说，不用这么逃，是斩着了吧？回答说，的确斩着，而且砍着了桥板了。喂，那么去看一下吧！回转来到了桥边，站在乞丐的前后，那乞丐蠢蠢的爬起来喝道，又来打我了么？”

这里不但讥笑新刀之钝，武士之怯，一面也表示武人横暴的痕迹，即是“试斩”。晚上拿了新刀，在路上等独身人经过，把他杀了用以试刀，如遇着武士当然要抵抗，不免互有杀伤，所以这牺牲当然是落在平民身上了。这种笑话到底还是少数，而且它之所以被赏识，还是由于嘲笑钝刀与怯人，仍旧是当作自己以外的“他们”的事情去看的。

不过日本的讽刺文学到底也不曾放过了武士，这班老爷们在讽刺诗川柳上是一个好主顾，虽然大都限定于上京值班的乡下武士。他们土头土脑，穿着浅蓝布里子的衣服，到吉原去逛窑子，到上野浅草的茶摊去吊膀子，到处碰钉子，给予川柳作家许多好材料。可是这乃是属于别一个项目，现在可以略掉不说下去了。

一九五五年，十月

（周美和整理）

图书在版编目（CIP）数据

浮世澡堂 /（日）式亭三马著；周作人译 . —北京：中国法制出版社，2018.3

（周作人经典译作系列）

ISBN 978-7-5093-9196-9

Ⅰ . ①浮… Ⅱ . ①式… ②周… Ⅲ . ①长篇小说—日本—近代 Ⅳ . ① I313.44

中国版本图书馆 CIP 数据核字（2018）第 012131 号

策划编辑：胡　艺（ngaihu@gmail.com）

责任编辑：胡　艺　周熔希　　　封面设计：汪要军

浮世澡堂

FUSHI ZAOTANG

著者 / [日] 式亭三马

译者 / 周作人

经销 / 新华书店

印刷 / 三河市紫恒印装有限公司

开本 / 880 毫米 ×1230 毫米　32 开　　　印张 / 8　字数 / 208 千

版次 / 2018 年 3 月第 1 版　　　2018 年 3 月第 1 次印刷

中国法制出版社出版

书号 ISBN 978-7-5093-9196-9　　　定价：32.00 元

值班电话：010-66026508

北京西单横二条 2 号　邮政编码 100031　　　传真：010-66031119

网址：http://www.zgfzs.com　　　**编辑部电话：010-66034985**

市场营销部电话：010-66033393　　　**邮购部电话：010-66033288**

（如有印装质量问题，请与本社编务印务管理部联系调换。电话：010-66032926）